JN068167

メディアワークス文庫

# Missing6
## 合わせ鏡の物語〈上〉

甲田学人

# 目　　次

空目《うつめ》恭一《きょういち》『生贄《いけにえ》の幻影』

超常的存在へ生物を捧《ささ》げる事が生贄の定義であるとするならば、超常的事件の被害者（例を挙げるならば神隠しなど）も生贄の範疇《はんちゅう》に含めることが可能だ。すなわち、それらは超常的存在の求めに応じて黙認され捧げられたものと言え、それは山で消えたのならば山の神に、海で消えたのならば海の神に犠牲として捧げられたものと解釈できる。

木戸野亜紀《きどのあき》『追放者』

とうとう立った丘の上から見下ろした街の景色は、小さな部品を組み合わせた集積体にしか見えなかった。

緻密に不規則に組み合わさったガラクタの平原だった。

このぎっしりと組み合わされた景色の何処《どこ》にも、僕のために空いている場所はなかった。果てしなく、閉じた景色。

日下部《くさかべ》稜子《りょうこ》『フェアリー・テール』

「ねえ、妖精っていると思う?」

私は彼にたずねた。

「いるんじゃないかな」

彼は頭の上の雲を見上げた。

「そうじゃないと、納得できないからね。僕たちの心がこんなに不安定なのは、妖精のせいだと思わないと納得できないよ」

近藤武巳《こんどうたけみ》『無題』

そうなのだ。その絵に描かれたその姿は、彼の頭の中にしか存在しないはずなのだ。だが僕は大きく天井をあおいで声を上げた。

「ああ……」

じゃあ、ここにえがかれた姿はなんだ?

それはもう、ここに存在してしまっているじゃないか。

村神俊也《むらかみとしや》『源太夫《げんだゆう》の青蓮《あおはす》――発心集より』

進め。進め。ただ西方へ。阿弥陀仏《あみだぶつ》は西におわす。幾多の藪《やぶ》を踏み越え、草履はすでに襤褸《ぼろ》となり、裸の足は血の草履を履いている。それでも痛みは殺生の痛み。我が滅した人の痛み。それすらも踏み越えて、ただ浄土を目指すのみ。

※

文芸部が文化祭に出す冊子に掲載する小説の、最終校正が終わった。

冊子制作は、一年に一度の、文芸部にとっての掛け値なしに最も忙しい仕事になる。実に一ヶ月以上、大量の文字と紙とテキストデータに埋もれた、全くゴールの見えなかった作業は、ようやくここに完全に終わりを告げた。

後は、自分達が書いた作品が本になって刷り上がって来るのを待つだけ。肩の荷が降りた解放感と、わくわくと、全身の疲労が入り混じった、体の芯に凝っていた見えない何かが周囲に放射でもされているかのような強い高揚に包まれ、稜子は作業場として借りていた教室で、快《かい》哉《さい》の声を上げた。

「終わったーっ!!」

「いえーい！」

勢いのまま、武巳とハイタッチした。これまでの長いトンネルを抜けた反動で、二人ともテンションが異様に高くなっていた。

二年生である稜子達は、冊子の制作編集作業の中核だ。特に二人は適材適所として、部員全員との遣《や》り取《と》りという仕事を担っていたので、煩雑さという点では、今季の冊子作業で一番の矢面に立っていた立場だった。

「……終わったね。やれやれだ」

亜紀が、両手の指を組んで前に突き出す伸びをして、息を吐く。

亜紀を始めとする、稜子と武巳以外の面々はデザインやページ組みや校正などの裏方作業に徹していたが、挙がる作業の種類の数が示すように——そしてそもそも辞典のような厚さになる冊子なので——裏方作業だからと言って、全く楽をできる訳では無かった。

むしろ終わりが無いかもと思える細かい作業が、裏方の前には山積みにされる。今季の裏方はいっそ優秀で、稜子達などはどちらかと言うと、いくらか楽をさせて貰《もら》ったくらいだ。

万事において頭の回転が速い亜紀はもちろん、異様に文章を読み込むのが速く校正も正確な空目に、デスクワークにおいても集中力と体力を発揮する俊也。扱い辛《づら》い性格だからと先代の二年生はこの三人をヘルプに使わなかったが、使っていたら先輩達も、ヘルプに入っていた当時の稜子達も、もっと楽をできたに違い無い。

ともかく、終わったのだ。この部活での最大の仕事が。

しばらくは文字を読みたく無い。武巳も亜紀も、同じ気持ちだろう。

ストイックさでは群を抜いている俊也については、ちょっと判《わか》らないが。そして作業が終わるや否や鞄《かばん》から自前の本を取り出して読み始めた空目は、もう別格としてだ。

「出来上がりが楽しみだねえ」

稜子はニコニコと、武巳に、亜紀に、そう笑顔を振りまく。

「そうだなー」

「まあ……そだね」

武巳はテンションを落として感慨深く、そして亜紀もいつものように反射的に毒を吐こうとしたのを、思い直した様子で、稜子に同意した。

「ねー」

「まあ、何にせよ、もう文化祭の事は何もしたく無いね」

上機嫌な稜子をうざったそうに押しのけて、亜紀はそう言った。

「正直、当日は何もする気ないよ、私ゃ」

「え、配るのはやらないの？」

文化祭当日のボイコット宣言をした亜紀に、稜子は高いテンションのまま訊《たず》ねた。

「お客さんの反応とか気にならない？」

「全っ然、興味ないね」

吐き捨てるように亜紀。

「えー、亜紀ちゃん笑ったら可愛《かわい》いのに。笑顔で手渡ししたらみんな喜ぶと思うよ」

「やだね」

「むー」

割と本気だったので稜子は残念がる。だが亜紀も割と本気で嫌がっているので、稜子もそれ以上は踏み込めない。

未練げに、稜子は亜紀を眺めた。

普段から「人から良く見られたいとか思った事も無いね」などと公言する亜紀。

だがぽつりと稜子は言った。

「……亜紀ちゃん、他人の事はどうでもいい、とか、形なんかより実用が大事、とか言ってるけど、結構おしゃれだよね？」

そんな疑問。

見る限り亜紀は、ファッションなんかどうでもいいと思っているような、服に無頓着なタイプでは無い。それに、他人の目なんかどうでもいいから自分の好きな服を着たいといった、奇抜な服を身に着けて憚《はばか》らないタイプでも無い。

「まあ一応、気は遣ってる」

亜紀も認める。

「実用品どころかちゃんと可愛いし、人の目を意識した服だよね。てことは、一応、人に可愛く見られたいとは思ってる訳だよね？」

そちらの方面で突ついてみる事にする稜子。だとしたら脈はあるだろうか？　と。

だが亜紀は答えた。

「……いや、実用品だよ。それに人のためじゃなくて私のため。私の自由のため」

真面目な顔でそう言った。少なくとも想定すらしてなかった理由を口にされ、稜子は驚くと共に、意味が理解できず首を傾《かし》げた。

「自由？」

稜子の認識では、ファッションに自由を求める人間は、奇抜なタイプだ。ちゃんと人の目を意識した、わざと嫌な言い方をするならば、人の目を気にしたファッションをする人間が、そういう台詞《せりふ》を言うのはおかしかった。

「どういう事？」

「簡単に言うと〝舐《な》められない〟ためだね」

稜子が訊ねると、亜紀はそう答えた。

「服に気を遣ってないと、第一印象で人から舐められる。舐めたら人間は、こいつは格下で好きに扱っていい奴だと考える。私の自由を制限していいと考える」

「え……そ、そんな事は……」

「私にとって、ファッションは実用。実用一点張り。性格とかを変えるのは無理だからね。でも服装を変えるのはまだ楽に済む。それだけで他人からの初手の自由が買えるんだから、安いもんだよね」

あまりにも殺伐としたファッション観に、稜子は思わず鼻白む。

亜紀は少し嫌そうな顔をして、首の後ろを掻《か》きながら、そんな稜子に言う。

「まあ私も最初はそんなんじゃなかったけどさ、昔は周りが全部敵だったから」

「え、えーと……」

「まあそれでさ、学んだわけ」

そして、亜紀は言った。

「ファッションは実用じゃない、って奴も居るけどさ。ちょっと鏡を見てあれやこれやするだけで、他人の第一印象がどうにかできるんだよ？　それ以上の実用がどこにあるのさ」

鏡に関する怪談の類例。

・夜中の二時ちょうどに鏡を覗《のぞ》き込むと、鏡に死んだ人が映る。
・深夜二時に合わせ鏡をすると、鏡の中から悪魔が出てきて、取り憑《つ》かれてしまう。
・夜中に合わせ鏡をすると、霊が現れて鏡の中に引きずり込まれてしまう。
・十二時ぴったりに合わせ鏡をして自分の顔を映すと、将来の結婚相手の顔が映る。
・深夜二時頃に合わせ鏡をして自分の顔を映す。たくさん映った顔の、手前から四番目の顔が自分の死んだ時の顔である。
・四時四十四分四十四秒ぴったりに鏡を見ると、四次元に引きずり込まれてしまう。

――大迫栄一郎《おおさこえいいちろう》『現代都市伝説考』

吸血鬼は鏡に映らないという有名な俗信を始めとして、合わせ鏡、スペキュラム、鏡にまつわる数々の迷信など、鏡はとかく古来より神秘のイメージで見られ続けてきた。それらの成立した背景は不明だが、鏡は〝対象を正確に映し出す〟という特性それだけでも充分神秘の対象として見出《みいだ》す事ができるものである。誰しも子供の頃は鏡ごしの〝向こう〟の世界を夢想したであろうし、合わせ鏡による数学的無限回廊はそれだけでも神秘的だ。鏡に関する俗信の数々は、そんな単純な、最も純粋な感動から発生しているものだと、私は信じて疑わない。

鏡は映す者の魂を剝《む》き出《だ》しにする。死者の出た家で鏡を隠すのは、鏡に映ることで無防備になった生者の魂が死者の手で奪われないようにするためである。そもそも俗信に従うならば、鏡に映っている自分の姿は物質的なものではなく魂そのものである。かの不思議な平面に映る〝映し身〟が肉体を持たない影のようなものだと考えたのは、全ての〝鏡〟にまつわる迷信の始まりであると共に、偉大なオカルト・イメージの受胎の瞬間なのである。

――大迫栄一郎『オカルト』

# 序章　「習作」

「――――先輩って、どうしてそんな気味悪い絵ばっかり描くんですか？」


美術室の片隅にイーゼルを立てかけ、たった一人で油絵を描く男子生徒。

その彼に、一年生の少女が訊ねたのは、ほとんど日の落ちた夕刻、文化祭も近い、そんなある日の事だった。

少女にとって、その男子生徒は先輩に当たる。

もちろん今まで何度も普通に話をしているし、仲も決して悪くは無い。

「あの……八純《やずみ》先輩？」

だが、その少女の呼びかける声に、男子生徒は何も答えなかった。

その八純と呼ばれた先輩は、鼻に絵具《えのぐ》が付くかと思うほどキャンバスに顔を近付けて、あたかも少女の声が聞こえていないかのように、一心不乱に筆を動かしていた。

「……えーと」

少女はどうしていいか判らず、何となく、自分の制服の袖に手をやる。

筆を動かす先輩の、制服のシャツの袖口がキャンバスに触れていて、今まさに絵具が付着しているのが見えたのだ。

先輩は制服のブレザーの上に、白の上っ張りを羽織っている。

いや、元は白かった、今は消えない絵具汚れが無数に染み付いているその上着は、服を汚さないために羽織る上着なのだが、この先輩に限って言えば、その役目を完全に果たしているとは言い難《がた》かった。

この先輩はキャンバスにひどく顔を近付ける上に、絵筆と絵具を無造作に扱うので、結局上着から露出している袖や襟が絵具の洗礼を受けてしまう。上っ張りはこの学校の美術部員の大半が着ている標準的なスタイルだ。だが、先輩のそれに付着した汚れの量は、標準を完全に逸脱していた。

それは、彼の部員としてのキャリアと、熱心さを示していた。

キャンバスに向かう彼の深い呼吸の音と、絵具を混ぜる粘性の微かな音が、静かな教室の空気を伝って、少女の元まで聞こえていた。

その沈黙と静寂の中、少女はしばし、立ち尽くす。

だだっ広い、油絵具《あぶらえのぐ》の匂いが染み付いた、少女にとっては見慣れた美術室。だが時間はすでに遅く、窓の外はすっかり光を失い、部屋は人工の明かりで白っぽく照らされていて、絵具で汚れた机や棚や、デッサン用の石膏《せっこう》像や、壁に掛けられた油絵が、何とも無機質に見える陰影を晒《さら》していた。

もう、寮の門限は目前に迫っていた。

こんな時間にまで居残っているのは、いかに美術部員とは言え、いささか熱心が過ぎる。

少女もどちらかと言えば熱心な部類に入るが、それでも門限まで破ろうなどとは考えた事も無く、とっくに寮に帰っていた。今日はたまたま忘れ物をして戻って来た。そして先輩がまだ居残っているのを、初めて発見したのだ。

「……先輩？」

そして少女は何度目かになる、先輩への呼びかけをした。

先輩はひたすら、舐めるようにキャンバスに絵具を重ねて行くばかりだった。

ここに来てようやく、少女は理解するしかなくなる。どうやら先輩は本当に、少女の呼びかけが聞こえていないのだと。

「……」

少女は少し困った顔をした。

背中まで伸ばしている波打った髪に、困惑したように手櫛《てぐし》を入れる。

先輩はただ黙々と、絵を描き続けている。

少女は立ち去らない。度を越した集中力で絵具を塗り重ねて行く、先輩の筆致と横顔を、邪魔する事なくじっと見詰め続ける。

「……」

この先輩はこうして部にいるが、実はもう三年生だった。

本来三年は受験のために部活動を卒業している筈だが、彼は毎日部室に顔を出して、誰よりも遅くまで絵を描き続けている。

受験勉強の一環だと、そう聞いている。先輩は、そもそも部員の少ない美術部の中でも、さらに少ない、〝美大を目指している〟人間だ。

少女が見守る中、先輩は、真剣な表情で座っている。

そして切り付けるように鋭い目で、じっとキャンバスを睨《にら》み付《つ》けている。

鋭く細められた目。

細く深く呼吸する口元。

それらが神経質にも見える細面を、剣士を思わせる鋭利な荒々しさで飾っている。その表情は確かに芸術家のものだが、見ようによっては何かに追い立てられているような、そんな感じの必死な表情にも見える。

その表情の先に、少しずつ緻密な描画が描き出されて行く。

その様に、少女は思わず見とれてしまう。

ずば抜けた技術。

周囲を遮断するほどの集中力。

この先輩の技量――――特に集中力は部内でも有名だったが、こうして見ると集中力というよりも無我夢中に見える。受験のために必死なのだろうとは思うが、それにしてもまるで命のやり取りをしているような、そんな崇高な歪《いびつ》さが、先輩の絵を描く姿にはある。

それが、今まさに何かから逃げているような、危機的な必死さに見えるのだ。

その印象を助長するかのように、先輩の額には、びっしりと汗の玉が浮かんでいた。

窓の外を暗闇に包囲され、明かりを点《つ》けてもなお薄暗い部屋の中で、たった一人いるその様子は、見ていて鬼気迫るものがあった。そしてさらに言えば――――そうした様子で描き出されて行く先輩の絵は、普通の絵では無く、何とも気味の悪い、悪趣味とさえ言える奇怪なものだった。

キャンバスには写実的な学校が、先輩の卓抜した技術で細密に描かれている。

そして、そこには同じく写実的な、だが写実的と呼ぶには、あまりにも現実離れした、あまりにも怪奇な――――

「…………」

少女は、その絵を見るうち、急に不安を感じて、居たたまれなくなった。

なので、

「先輩」

そう呼びかけて、先輩の肩に手を触れた。

瞬間、

「――――うわあっ!!」

「きゃっ!」

触れられた瞬間、先輩は大きな叫び声を上げると、弾《はじ》かれたように激しく椅子を蹴り倒して立ち上がり、凄《すさ》まじい表情でその場から飛《と》び退《の》いた。

思わず悲鳴を上げて、驚きで目を見開いて、少女は先輩を見詰めたが、先輩も同じく、いやそれ以上に大きく目を見開いて、驚愕《きょうがく》とも恐怖ともつかない引《ひ》き攣《つ》った表情で、少女の顔を見返していた。

「…………!!」

しばし、部屋の空気が凍り付いていた。

驚愕と緊張が部屋に張り詰め、二人はまるで、互いが怪物であるかのような恐怖の表情をして、息を呑《の》んで見詰め合っていた。

やがて、先輩が、強く目を細める。

「……なんだ、水内《みずうち》さんか」

そして先輩は大きく息を吐いて、肩の力を抜いた。

「ごめん、全然気付かなくて、驚いた」

そう言って先輩は、初めてそれに気が付いたように、額に流れた汗を手で拭った。

そこで少女も我に返り、慌てて先輩に頭を下げる。

「え……あ………す、すいません。驚かしちゃったみたいで……」

そして倒れた椅子を起こそうと、床にしゃがみ込む。

「いいよ、僕がやる」

「いえ……あっ」

先輩は言ったが、少女は構わず続けようとし、しかし先に手を出しはしたものの動揺で手が震えて上手《うま》く椅子が摑《つか》めず、結局先輩が椅子を引っ張り起こした。

「す、すいません……」

少女はしゃがみ込んだまま、少しでも落ち着こうと深呼吸する。

心臓がばくばく鳴っていた。先輩は床に落としてしまった筆を拾い上げながら、そんな少女に向けて声をかけた。

「……大丈夫？」

「だ、大丈夫……」

少女は息をつき、やがて立ち上がる。

「大丈夫……です……」

「ごめん。本当に、全然、居る事に気が付かなかったんだ。大声、驚いたよね」

先輩は微《かす》かに笑って謝ったが、お互い様だった。その顔色は殆《ほとん》ど蒼白《そうはく》で、いかに先程の事に先輩が驚いたかの、確かな証拠を残していた。

「ごめん、僕は集中すると周りが見えなくなるから……」

言う先輩に、少女は恐縮で肩を縮めた。

「あ、はい……私こそすいません。先輩、集中してたのに、邪魔しちゃって……」

少女の言葉に、先輩は軽く首を振った。

「それはいいんだ。もうこんな時間になってるしね」

先輩はそう言うと、遅い帰り支度を始めた。棚から洗浄液を取り出し、絵筆を洗い始めた先輩を、少女はしばらく、そのまま眺めていた。

そしてようやく気が付いて、何か手伝える事は無いかと周囲を見回した。

イーゼルの脇にある机の上には、画材の箱から溢《あふ》れ出《だ》したかのように、絵具やパレットが散乱していた。

少女はそこで、ふと目を止める。

その机の上の画材の中に、ひとつだけ画材では無い、奇妙な物があったのだ。


「……」

それは〝鏡の破片〟だった。

木の画材箱に立てかけるように、大きな割れた鏡がひとつ、まるで飾るようにして、置いてあったのだ。

よほど大きな鏡から割れたものか、破片の大きさは人の顔ほどもあった。

それを包んでいたものだろう、厚くて柔らかそうな赤い布が、下に敷かれている。

それは画材では無く、先輩が描いている絵のモデルだった。イーゼルに立てかけられた絵には、そこに描かれた学校の教室には、それを背景にする形で、この大きな鏡の破片が大きく一杯に描かれていたのだ。

冷たい質感さえも感じさせる、緻密な描写の、鏡の破片。

だがその鏡の中には、教室を背景にして鏡の中にも描かれている教室の光景には、何故《なぜ》だか気味の悪い人影が、ぬらりと立っている姿が描かれていた。

いや、それは人と言うには歪に過ぎる、人ともつかない形の物体だった。人間では無い、しかし人間の肌をしたそれは、明らかな意思と生命を感じさせる、異様に生々しい存在感を持っていた。

ただ〝怪物〟と言ってしまえば、それは易しい。

それでも、そんな表現では片付けられない何かが、その異形にはある。

「……！」

思わず見詰めているうちに、絵の中の異形がこちらを見ている気がして、少女は慌てて絵から目を逸《そ》らした。この先輩についての話を思い出す。この先輩は最初はそうではなかったのだが、いつからだろうか、何故だかこんな気味の悪い絵ばかりを好んで描くようになったというのだ。

絵を見ないようにすると、今度は目の置き所に困る。

何処に目を向ければいいのか迷い、かと言って鏡がある机も気味が悪くて、思わず視線を泳がせる。

その様子を見て、絵筆を片付けた先輩が訊《き》いた。

「……どうかした？」

「あ、何でも無いです」

少女は慌ててかぶりを振って、笑みを作る。

先輩は不思議そうに頷《うなず》き、片付けを続ける。画材箱に絵具を放り込み、鏡を慎重に包もうとする先輩を見て、少女は思い切って、訊ねてみた。

「先輩、その鏡は……」

「うん？」

鏡を包む手を止めて、先輩は少女を振り返った。

「…………ああ、これ？　なかなかいいでしょ」

そして先輩はそう言って、小さな笑みを浮かべた。

「君も聞いてるかな？　あの時に割れたやつを貰ったんだ」

先輩は布で包むようにして持ち上げて、その鏡の破片を少女に見せる。ほとんど菱形《ひしがた》の形に割れた鏡は部屋の天井を映し、割れた硝子《ガラス》特有の断面が、蛍光灯の光で輝いていた。

こうして見ると、確かにデッサンの素材としては面白いかも知れないと、少女は思う。

だが先輩は、あの事故のせいで、大変な目に遭った筈《はず》だった。

「でも先輩はその時……」

少女はそこまで言って、口籠った。

先輩は、「いいんだ」と笑って、抱えた鏡を覗き込み、目を強く細めた。

「その記念みたいなものかな、これは」

そう、先輩は言った。

「だから描くんだ」

そして続けて言う先輩の表情は、どこか愛おしげなものにも見えた。

その言葉の意味が解《わか》らず、少女は戸惑った表情をした。最初に聞き流された質問を、少女は再び口にした。

「先輩は——どうしてそんな気味の悪い絵を？」

その問い。

しかしそれは、最初にした時のような、何気ない問いでは無くなっていた。

先輩は答える代わりに、少女に訊ねた。

「君は、鏡に男の子の霊が映る話は、聞いた事ある？」

「あ、はい……」

少女が訳も解らず答えると、先輩はそれに応えて静かに、「そう」と頷き返した。

「ねえ、どうして鏡の中には、あんなものが居るんだろうねえ？」

先輩は言った。

「え……？」

「見えるんだ。僕は見えるから、それを描いているだけなんだよ」

「え……ちょっと、やめて下さい………！」

真顔で言う先輩に、少女は思わず背筋に冷たいものを感じた。

「君には、見えないの？」

先輩は言って、少女の顔を見た。そして、もう殆ど見えない筈の左目を細めて、少女を、いや、まるでその遙《はる》か向こうを、どこまでも見通しているかのように、鋭く、深く、その瞳で見詰めた。

「…………！」

少女は後ずさる。

先輩は少女を見詰めたまま、無言で少女へと向けて、ずい、と鏡を差し出した。

少女は思わず、その鏡を見てしまった。

吸い寄せられるように鏡に目が行き、そこに映る自分の姿を見て、自分の後ろにある美術室の窓を見て、その窓に映る先輩を見た。

そして。

そして――――

「――――冗談だよ」

先輩の顔が、笑った。

「さっきは驚かされたからね、お返しだよ」

言いながら鏡を布で包み、大事そうに自分のバッグへと仕舞い込んだ。

そして、まだ青い顔をしている少女を見て、今度は心配そうな顔になる。

「……ごめん、やりすぎたかな？」

「いえ……」

何とか少女は返事をしたが、その様子は明らかに顔面蒼白だった。

「ごめんね、そんなに怖がるとは思わなかった」

先輩は言った。

「もう行こうか。遅くなったからね」

「はい……」

先輩に促され、少女は何とか頷き、歩き出した。

だが、少女は見てしまったのだ。

鏡に映った窓の、その窓に映った先輩の腰に——小さな小さな白い手が、しっかりと摑まっていたのを。


文化祭も近い、そんなある日の事。

怪異は誰も知らない所で、少しずつ、現実を蝕《むしば》んでいた。

# 一章「前夜祭」

1

十月。聖創《せいそう》学院大付属高校にも、文化祭の時期がやって来ていた。

文化祭を翌日に控えたこの日、放課後の校内は祭典の最後の準備で、大いに活気づいていた。イベントというものは、それだけで一つの流れのようなものだ。熱心な者、そうでない者、全てを押し流すようにして、終わりまで向かう。

この学校でも、もちろん例外では無い。

敷地《しきち》内では多くの生徒が忙しそうに動き回り、すでに校庭も校舎も、いかにも〝文化祭〟といった光景に変わっていた。

様々なサークルが企画した露店や展示のために、様々なスペースが確保されて行く。校庭にはテントが、教室の窓には飾りや暗幕が、それぞれに立ち並んでいる。

学校の様相は、最早《もはや》いつもの学校では無かった。

さらに煉瓦《れんが》タイルの張られたこの洋風な学校は、飾り付けられればまた特異な印象を、その外観ゆえに帯びていた。

普通の高校の文化祭としては、明らかに普通では無い。

とは言え、それでもこれは高校の文化祭以外の、何物でも無い。

強いて言うなら、映画にでも出てきそうな印象だ。まるで映画に出てくる、ヨーロッパの寄宿学校で行われる祝祭のような、そんな雰囲気を学校全体が帯びている。

薄暗い夕刻という時間も、また非日常さに拍車をかけていた。

時間はもうすっかり放課後。日は既に傾き、敷地内には無数のライトが明々と光り、作業のために電源のコードが無数に引かれ、テントの支柱や立ち木、校舎の壁などに、電灯がいくつも取り付けられ、辺り一面を照らしていた。

この日は金曜日。設営が遅くなる事は目に見えているからこその措置だ。

土日に行われる文化祭に向けて、数日前から教室に設備を搬入し、この日は朝から休み時間に設営を開始していた。

展示に使われる教室は朝から飾り付けられ、授業もそこで行われた。それがますます非日常な雰囲気を醸し、その一日は生徒も教師も何となく浮わついているのだった。

生徒にとって、文化祭は当日では無く、数日前から始まっている。

毎年同じ光景が繰り返され、そして今年も変わらない。

だが、今年の文化祭は今までと少しだけ、雰囲気が違っていた。

それは誰もが肌で感じ取っていたが、あまりにも微かな変化のため、誰も確かなものとして感じ取ってはいなかった。

何となく。

何となく、重い。

それは誰もが心の奥で感じていたが、誰も口には出さなかった。

その理由も誰もが知っていたが、誰もがそれを頭に思い浮かべなかった。

誰もが知っているが、口には出さず、あるいは忘れたかのような振りをして、頭の隅に追いやっている理由。


ここ数ヶ月、学校では、暗い事件や事故が続出しているのだ。

怪我人《けがにん》。死亡者。自殺者。続出していたそれらの存在が、文化祭の賑《にぎ》やかさに、少しだけ、うっすらと、影を落としていた。

生徒達は皆、心の中に微かな靄《もや》を抱えて、はしゃぐ。

今年の文化祭はそんな雰囲気の中で、しかし今までと変わらない仮面を被《かぶ》って、賑やかに、そして楽しげに、始まっていた。

＊

一号館二階の、その教室には、すでに段ボール箱が積み上げられていた。

「……よっ、と」

部屋にやって来た近藤武巳は、自分が抱えて来た段ボール箱を床に降ろすと、うーん、と大《おお》袈裟《げさ》に腰を反らせて、ようやくそこで一息ついた。

武巳の所属する文芸部の割り当てが、この教室だった。今この部屋では、女子が机を動かしてカウンターを作り、男子は倉庫代わりに使っていた一階会議室から、ここまで箱を持って上がるという作業に従事していた。

文芸部のイベントは、言ってしまえば冊子を配るだけだ。

部員が一年かけて書き溜《た》めた作品を、本にして配布するのだ。

文芸部の作業は、他の部に比べると楽なものと言える。だが、そうであったとしても、この搬入作業は厄介な重労働だ。

さほど大きいとは言えない一抱えほどの箱は、大きさから想像するよりも遥《はる》かに重い。

それもそのはずで、この中には配布用の分厚い冊子が隙間なくぎっしりと詰め込まれているのだ。

紙の重さは存外に重い。その重さを最初から考慮に入れて、箱はわざわざ少し小さなものを使っている。それでも重さは相当で、そのうえ必然的に箱の数は多くなり、男子は全員で段ボール箱を運び、その結果として教室の隅には印刷会社の箱が山となって、壮観とも言える光景を作っていた。

「こうして見ると凄《すご》いな……」

武巳は誰にともなく、呟《つぶや》いた。

その数ざっと二十箱以上。先程も同じ山を会議室で見て同じく凄いと思った筈だが、今度は少しニュアンスが違う。よくこんな物を持って上がって来たな、と思ったのだ。製作したのは二百部ほどだが、例年通り一冊の厚さが半端では無く、数はともかく質量が、思わず笑ってしまうほど多かったのだ。

女の子達が箱の一つを開け、嬌声《きょうせい》を上げる。

取り出された六百ページからなる冊子は、外観はまさしくB5版の電話帳だった。二十人からなる部員の、一年間の活動の結果だ。凄い凄い、と初めて冊子を見る一年生が、どよめきに似た歓声を上げげた。

武巳は二度目だが、それでも凄いと思う。

自分達が作った贔屓目《ひいきめ》があるから、凄く見えるのかも知れない。

それでも自分達の活動がこうして形になると、やはり笑みが零《こぼ》れて来る。贔屓目には違い無かったが、そんな感想を持ったのは武巳だけでは無さそうだった。

いつの間にか、皆がそこに集まっていた。

上級生も下級生も、皆で同じ山を囲んで、眺めていた。

そうしていると、日下部稜子が隣にやって来て、そう感想を洩《も》らした。

「……凄いねぇ」

「うん……そだな」

稜子の言葉に、武巳もとりあえず、そう言って同意した。

………………

あれからまた、何事も無いかのような日常が戻って来ていた。

前回あった、あの〝魔女の弟子〟雪村月子《ゆきむらつきこ》を発端とした一連の事件は、自殺者と、行方不明者と、そして——恐らくは二度と出て来られない——入院者をそれぞれ一人ずつ出して、終結した。

こっくりさんの変種、〝そうじさま〟にまつわる事件。

一夜にして寮の窓の全てが赤く塗られ、誰もが知るところとなった、異常な事件。

そしてそれは――――終わってみれば、気味が悪いほどに、何も起こらなかった。

これほどの事件が起きながら、誰も騒がず、誰も問題にせず、まるで初めから何も無かったかのように、単なる日常が戻って来ていた。

そう。今までと同じように。

今までの事件が、初めから無かったかのように、周りの皆が、元の生活に戻っていた。

武巳は遅まきながら、ようやくそれを、薄気味悪く感じた。

おかしい。考えてみればこの学校は、異常とも言える頻度で死者と、そして行方不明者が出ているのだ。

それなのに誰も大して話題にはせず、教師も、生徒も、新聞やテレビなどのメディアさえ、大きな問題として扱う様子が無い。まるで誰も、この学校で起こっている事を、正しく認識していないかのようだ。

周りの誰も、全体像を把握していないかのよう。

あんな事件が立て続けにあったのに、誰も。

武巳にはそれが不気味で、仕方が無い。

事件が途切れた何も無い期間でさえ、いや、それこそに、不気味さを感じる。

だが、そうして何事も起こらず、ひと月ほどが経《た》った頃。

そんな武巳も、気付けば周りと同じく、元の生活に慣れ始めていた。

九月の事件で武巳が抱いた不安も、何も無い日々が進み、月末になって文化祭が近付いたことで、忙しさに紛れてしまった。煩雑な高校生活と、文化祭の準備に追われるうち、武巳もまた知らず知らずのうちに、不安も疑念も、頭の隅に追いやってしまっていた。

…………

そうして、今は、文化祭の前日。

教室の机はカウンター型に並べ替えられ、上にはクロスが敷かれ、出来上がった冊子が届いた。武巳はそれらの事に、皆と同じように笑い、浮かれた。そして頭の隅では少しだけ、もしかすると本当に何もかもが元通りになっていて、もう全てを過去の事として忘れられるかも知れないと、そんな風に感じ始めていた。

武巳の前では、一年生達が、箱から冊子を受け取っている。

一年の部員にとっては初めての、自分の作品が載った冊子の完成。武巳はその様子を眺めながら、自分が一年だった時に、同じ事をしていたのを思い出す。

「わたし、取って来るね」

そうしていると、稜子がそう言って、自分も冊子を受け取りに箱の山まで駆けて行った。

そしてしばらくすると二冊の冊子を両手に抱え、満面の笑みを浮かべて、武巳の所へと戻って来た。

「はい、これ」

「あ……うん、サンキュ……」

稜子の差し出す冊子を、武巳はおずおずと受け取る。

この状況にかなり慣れたとはいえ、それでもこんな無防備な笑顔を前にすると、武巳の動作にはどうしても、微かな躊躇《ちゅうちょ》が混じってしまう。

「……？」

そんな武巳の微妙な表情に気付いたらしく、稜子が小さく首を傾げた。武巳は慌てて冊子に目を落とすと、無意味にページを捲《めく》って見た。


『輝石』


そう名付けられた、文芸部の冊子。

もちろん武巳の書いた作品も、この分厚い中には収められている。ぱらぱらとページを目で追い、自分の作品が載っている部分に辿《たど》り着く。武巳は一瞬文章に目を通しかけたが、すぐに読む事に耐えられなくなって、反射的に本を閉じた。

「うー……駄目だ」

小さく顔を顰《しか》めて、頭を振る。

それを見て、稜子が不思議そうに訊ねた。

「どうかした?」

「いや……おれ駄目なんだよ。自分が書いたもの読むの」

武巳は答えた。本になる事は楽しいし、書いているうちも楽しいのだが、自分の書いたものを読み返すのが、武巳にはどうしても好きになれないのだった。

「あー、よくあるよね。そういう事」

稜子が頷く。

武巳も頷いたが、武巳には『よくある』どころでは無い。

小説を書く時は自分の書いたものを客観的に読む事が必要だと聞くが、そんな事ができる人間が居るとは武巳には信じられなかった。自分の書いたものと買ってきた本を同じような感覚で読める訳が無いと、武巳は自分の経験からすると固く信じざるを得なかった。

こうして出来上がってしまってから、初めて粗や失敗は見付かる。

いや、それ以前に自分の作品を読む気恥ずかしさは、どうやっても抜けない。

自分の動作が自分では全部見えないように、書いている途中に自分の文章を客観視など、できる訳が無い。動作のように文章を客観できる鏡が欲しいと、武巳は書き終わるたびに思っているくらいだった。

「えー、面白かったと思うけどな……」

そんな武巳に向かって、稜子がそうぽつりと言う。

「何が？」

「武巳クンの書いたの」

その言葉に眉を寄せ、武巳は首を傾げる。

「……そうかあ？」

疑問符を漏らす。

武巳には自分の書いたものが面白いのか、正直判断できない。武巳が今回書いたのは、多分に文学的な作品だった。こう見えても武巳は純文学好みだ。通読しても意味が解らない難解な小説を読んでその訳の解らなさに感嘆する、少々外れた文学趣味があるのだ。

もちろん『無題』と題したこの作品も、武巳の趣味が反映されている。

しかしそれ以前に、冊子に載せる作品の構想は早期に立てたものの、書き始めたのは〆切間《しめきり》際で、慌てて構想メモを取り出した時にはどういう意味か全く思い出せなかったという、酷《ひど》い経緯で書かれた怪作だった。

半年以上前に寝かされたメモは、書いた本人にも意味が解らなくなっていた。

その構想メモを要約すると、こんな感じだ。

『ある画家が存在しないものの絵を描き、描かれたがゆえに存在しないものでなくなる』

多分何かに触発されたのだろうが、それが何かも思い出せなかった。

思い出せないまま、しかし時間が無いので、そのまま書いた。それを面白かったと稜子は言う。どこまで本気か武巳は訝《いぶか》ったが、真《ま》っ直《す》ぐに武巳を見る稜子と目が合った途端、訊ねる気が失《う》せた。

それを見て稜子が再び、小さく首を傾げる。

「……どうしたの？」

「何でも無い」

武巳はそう答えて目を背けると、ほぼ準備の終わった教室を意味も無く見回す。部員達は明日の事を話しながら、そろそろ教室から解散し始めている。武巳はその中に空目達の姿を見付けたが——無理に話しかけるのが何となく憚られて、上げかけた手を、下ろした。何故そんな事を思ったのか、自分でもよく判らなかった。

だが前の事件の後から、武巳は空目達に対して〝隔絶感〟とでも言うような、そんな奇妙な感覚を唐突に抱く事が多くなった。

いや、本当は気付いていた。

普段は忘れている、または忘れた振りをしているが、この〝畏れ〟はふとした事で突然鎌首をもたげ、武巳を皆から遠ざけるのだ。

武巳は黙って、下を向いた。

稜子が不思議そうな表情で、そんな武巳を眺めていた。

「武巳クン……？」

稜子が、やがて声をかける。

「……悪い。おれ、これからちょっと用事があるわ」

武巳はしばらく黙っていたが、おもむろにそう言って、小さく片手を上げる。

「え？」

「ごめん」

急に歩き出した武巳に、稜子が戸惑いの声を上げたが、武巳は構わず教室を出た。

武巳は皆から離れるように、生徒の行き交う廊下を、後ろを振り返らずに、ただあてもなく歩き始めた。

2

校内放送が、美術部員を呼び出している。

段ボール箱を抱えた生徒が、脇を早足ですり抜けて行く。

一団になった男子生徒が、大量の机や椅子を運んでいる。

壁に、掲示板に、女子が手書きのポスターを貼っている。

展示用の器具を運ぶ生徒。

手持ち無沙汰な生徒。

廊下に看板を取り付ける生徒。

椅子の上に立ち、入口に暗幕を張る生徒——


「…………」


そんな、忙しそうに、あるいは和やかに作業をしている生徒達とすれ違いながら。

周りを様々な生徒が行き交う中、武巳は一人、夕刻の廊下を歩いていた。

何の目的も無く廊下を歩き、無意味に階段を登り、降り、眺める。

本当に目的は無かった。

ただ一人になりたかった。

無目的な武巳の歩みは周囲の誰とも違っていたが、忙しげに立ち働く誰も、そんな武巳の様子を気に留める事は無かった。武巳はそんな学校の中をゆっくりと歩きながら、無為な物思いに耽《ふけ》っていた。

最近はすっかり日が落ちるのが早くなった。窓から見える空は暗く、それに抵抗するように明かりの灯《とも》された廊下の様子が、窓ガラスにぼんやり映っている。

その窓に映った校舎内も、その向こうに見える校庭も、多くの生徒が行き交っている。その様子が影絵のように遠いものに見えて、武巳はそれこそ意味の無い、漠然とした疎外感に駆られていた。

その原因が、武巳の心理状態にある事は明らかだった。

忙しかった、文化祭の準備が終わった。そして落ち着き、冷静になった武巳は、忘れかけていた〝畏れ〟を、不意に思い出したのだ。

この学校の、この日常が、非常に薄っぺらなものである事に、武巳が気が付いてしまっていた。裏では異常な事件が次々と起こっているのに、それに誰も気付いていない、この危うい世界。その恐ろしさ。

この世界で起こっている異常な〝事実〟は、全て黒服の〝機関〟の手によって揉《も》み消《け》されている。その恐ろしい事実に誰も――――いま武巳の周りにいる誰一人さえ――――気付いてはいない。そして武巳は、それを知っている。

だから武巳は、周囲の誰からも、孤独だった。

だが、その〝事実〟を知っているのは、武巳だけでは無い。

それでも武巳は、孤独だった。

空目も、俊也も、亜紀も、稜子も、この〝事実〟を知っている者は誰も、この世界の危うさを恐れてはいなかったからだ。

少なくとも誰も、その〝畏れ〟を口に出す事は無い。

他の皆は、何とも思わないのだろうか？

そう思うが、誰かに問《と》い質《ただ》すのは恐ろしい。

何より怖かったのは、問い質す事で、藪蛇《やぶへび》になる事だ。

武巳が〝感染〟しているかも知れないという事実を、皆に、そして〝黒服〟に気付かれるのが怖かった。

今までの事件と同じように、〝何も無かった事にされる〟のが、怖かった。

だから武巳は黙っていた。いや、皆には話そうとは、何度も思ったのだ。だがタイミングを逃し、また躊躇《ためら》ったりして過ごすうちに、もはや言い出すには遅くなってしまい、とても話せるような状態では無くなってしまったのだ。

心の底に残したまま、武巳はそれを、できるだけ考えないようにして過ごしていた。

そのうちに、武巳はそれを徐々に忘れて行く事に成功していた。

しかし時折、その〝畏れ〟はこうして頭をもたげる。ふと些細《ささい》な事で、武巳はこの世界が、そして皆が、怖くなる。

「…………」

武巳は廊下に立ち、ぼんやりと窓を眺める。

この窓に映る景色のように、日常とは不確かなものだ。

ガラスが割れれば崩壊し、その〝向こう〟にあるモノがなだれ込んで来るのだ。

そして誰も、自分が脆《もろ》いガラスに映っているだけの儚《はかな》い鏡像に過ぎない事に、気付いてはいないのだ………


「───お、何やってんの？」


そうやって窓の前に立つ武巳に、声をかける者があった。

武巳が振り返ると、そこには教室から出てきたばかりの、よく知った顔の男子生徒が立っていた。

「ああ、沖本《おきもと》……」

武巳は気の無い返事をする。沖本範幸《のりゆき》は、寮で武巳と同室の男だ。

毎日合わせる珍しくもない顔だ。それは沖本の方も同じだが、武巳が一人でこんな所に居るのが沖本の目に留まったらしい。

「何やってんだ？　こんな所で」

「別に……お前の方は、美術部？」

「おう」

沖本は答えて、親指で後ろの教室を指差す。前髪を分け、髪を茶色に染めた沖本は、一見するとスポーツ系か音楽系の所属を連想させる風貌をしている。ギターもやるらしいのでその印象は間違っていないのだが、実際の所属は美術部という男だった。

こう見えて、油絵など描くのだ。武巳から見れば大したものだが、本人に言わせると「決して上手くはない」という事らしい。

沖本も自分の部の展示のため、準備をしていたようだ。彼が指差した教室の入口には絵を描く時に使うイーゼル台が立てられていて、キャンバスに油絵具で書かれた『美術部展』という看板が、そこに据え置かれていた。

横には椅子と、その上にパレットと筆が置かれて、看板自体がそういう『作品』という趣向らしい。

「いい感じだろ?」

武巳の視線に気付くと、沖本はそう言って破顔した。

「俺が考えたんだ」

「へえ」

言いながら、沖本の様子は心なしか胸を張ったように見えた。武巳は素直に感心した。そしてそうやって沖本と話をしているうちに、心の中にあった例の〝畏れ〟が、いつの間にか姿を消しているのに気が付いた。

徐々に、いつものペースを取り戻し始めている。

正直それは、武巳にとっても有難《ありがた》かった。

もはや不安の中心人物となっているいつもの面々ではない、別の無関係な人間と話をしていれば、少しくらいは不安を忘れられそうだ。なのでもう少し話したそうにしている沖本に応じようとしたが、ふと武巳は気が付いて、沖本に訊ねた。

「なあ」

「ん？」

「その美術部の準備は、もう終わったのか？」

「……いんや、もう少し」

「何さぼってんだよ」

沖本は悪びれない様子で笑った。痛いところを突かれた時に、いつも沖本がする誤魔化し笑いだった。

「いんだよ。もう殆ど終わってるよ」

言いながらも、沖本は気にするような視線を、ちらと教室に走らせる。

やはり多少はさぼる気があるらしい。中の様子を窺《うかが》いながら、沖本は武巳に訊ねる。

「そう言う、お前んとこの方は？」

「もう終わった」

「ふーん、そっか。部活のいつもつるんでる連中は？」

「……さあ？　もう帰ってんじゃないかな？」

沖本の問いに、武巳は適当に答える。沖本は「ふーん」と呟き、顎に手をやった。

そして急に、少々意地の悪い笑顔になって、武巳に笑いかける。

「……そーか、じゃあそれなのに一人でこんな所に来たって事は、わざわざうちの準備を手伝いに来てくれたって事だな？」

「しまった……」

武巳はその物言いに、半笑いの渋面を作った。

「やー、悪いな。持つべきものは親友だな」

沖本は上機嫌で、武巳を教室に招き入れる。とはいえ武巳も、別に手伝ってもいいかという気になっていた。どうせ、他にする事も無いのだ。

「美術部は人数少ない割に展示はでかいから、マジで助かるよ」

先程は「殆ど終わってる」と言ってさぼる気でいたくせに、沖本はわざとらしくそう言いながら、武巳の肩を掴んで教室に押し込んだ。

冗談っぽく言っているが、実際美術部の人数は少ない。流行《はや》り廃《すた》りのようなものかは知らないが、今期の美術部は一年から三年まで、全て合わせてもたったの六人しかいないという話を以前に聞いた事があった。

この人数は、ここが聖学《せいがく》附属というかなり規模の大きい高校である事を考えると、異常と思えるくらい少ない数字だった。マイナーで小規模な同好会ならともかく、仮にも美術部という誰でも知っているような趣味の部活なのだ。

沖本達二年生が一番多く、三人。

一年が二人。三年生はたった一人だけ。

とは言え、こうした部活動の盛衰には〝巡り〟のようなものがあるらしい。沖本が一年の頃には三年生が二十数人いたと言うから、長い目で見てみれば、こういった陥穽《かんせい》めいた人数の落ち込みも特に珍しいものでは無いのかも知れない。

沖本に言わせれば、漫画とアニメの同好会も理由だという。

いわゆる『絵画』ではなく『イラスト』を描きたがる人が急増して、そういった人達がそちらに流れてしまったらしい。

実際〝漫研〟も〝アニ研〟も、武巳が知っている限りでは盛況に見えた。たまたま今は美術部が分《わ》かり易《やす》い煽《あお》りを食らっているが、もしかしたら文芸部も、それなりに影響が出ているのかも知れない。

ともあれ、

「さあ、どーぞどーぞ」

何だか嬉《うれ》しそうな沖本に、武巳は美術部の展示教室へと連れ込まれた。

その中は、確かに沖本が言っていたように、見たところ準備の殆どが出来上がっていた。

教室は絵を掛けるための白い衝立《ついたて》が展開されて、小さなギャラリーのような状態だ。部員の数に比例する形で作品が少な目で、無理に教室の壁などを使っていないため、かえってすっきりと見栄えがする印象があるくらいだった。

とはいえ今はまだ絵などは掛けられておらず、床に置かれている。

こうやってあらかじめ配置を決め、これから掛ける作業に入るらしい。そう考えると確かに作業はこれからが本番で、見かけよりも進捗は良くないのかも知れなかった。

多分、遅れているのだ。

沖本がさぼって休憩するくらい、作業を続けていたにも拘《かかわ》らず。

武巳を手伝いとして拉致するくらいに。そして、こうして教室に入ってみると、それらは明らかで、その理由も一目瞭然だった。

「何だ……？　これ……」

武巳は思わず呟いた。

教室の一部が黒かった。教室は三分の一ほどが衝立で仕切られていて、さらに暗幕によって完全に覆われ、黒い巨大な壁になっていた。

部屋の廊下側から衝立は始まり、そこに通路のように隔離スペースが作られていた。暗幕はそれに沿ってぎっしりと吊《つ》られていて、教室の後部まで続き、そこで折れ曲がって窓側へ、L

字型の壁となっていた。

「ああ、それな？『特別展』だよ」

目を丸くする武巳に、沖本は言った。

「特別？」

「ああ、こっち常設展。そっちは特別展」

沖本は武巳達のいる展示場と、暗幕の壁を順番に指差した。

「そっち、って……」

「その暗幕の向こうもな、展示になってんだよ。今年卒業する先輩が——っても一人しかいないんだけど、一つのテーマで連作を描いたんだ。で、それを展示するために、場所を別に分けてある」

言うと沖本は、黒い暗幕の壁まで歩いて行き、その入口と思われる場所のイーゼルに立てかけてあった、裏返しのキャンバスを引っ繰り返した。

特別展『八純啓《けい》・悪夢の世界』

キャンバス製の看板には、そう書き込まれていた。

看板はただ黒文字だけで、まるで美術館の看板のようにそっけなく、洗練されていた。

文字は小さく一行、キャンバスの中央に横書きされ、手描きでありながら活字のように綺麗《きれい》に描き込まれている。看板の脇には衝立の切れ目があり、どうやらそこが入口らしく、そこをくぐって中へと入り、窓側から教室に出る仕組みらしかった。

「悪夢の世界ねえ……」

武巳は看板の文句を、口にする。

それは美術部の展示の名前としては、何とも奇抜でそぐわない気がした。

だが沖本は、そんな事は気にしていない様子だ。それどころか楽しそうに武巳に看板を見せながら、意味ありげな笑みを浮かべていた。

布を被せた秘蔵の品を傍らに置いて、観客を前にしたコレクターの笑みとでも言うのだろうか。何となく自慢気に見えない事も無い、そんな笑いだ。

「これがな……また上手いんだ」

その笑みを浮かべたまま、沖本は言った。

「へえ、そうなのか？」

「ああ。先輩だからとかそんなの関係なく、美術部で一番上手いのは確実だな」

沖本は深く頷き、自分の言葉を噛《か》み締《し》めるようにして、いかにその上手さに感嘆しているかを強調して見せた。

「伊達《だて》に美大は目指してないっつーかさ。とにかく俺が描いてるような素人芸じゃない。本格的な絵の勉強をして、しっかり基本ができてるんだ。かと言ってガチガチの詰まらない絵でもない、そんなところが凄い」

「へえ……」

普段はいい加減な言動の沖本が珍しく芸術論などぶつので、武巳は文字通り珍しいものを見る顔で、面白く拝聴していた。

「八純先輩はさ、独特の世界を持ってるんだ」

「へえ」

「いや、先輩があんな絵を描き始めたのはつい最近だから、独特の世界を見つけた、っつー方が正しいかな？」

「へえ……」

「俺はこの絵を見た瞬間、先輩のファンになった。凄ぇ、って思ったんだ」

「……そんなに？」

「ああ、お前も一回見てみるといいぞ。丁度いいから、いま見せてやるよ」

そう言うと沖本は背後を覆う暗幕に触れた。沖本が感動したという絵は、今まさにこの暗幕の向こうに展示してあるらしかった。

「いいか、中は暗いからこれで……」

沖本はペンライトを出してきて、武巳に渡す。

だがその瞬間、厳しい調子の声に呼ばれて、ぎょっとしたように動きを止めた。

「ちょっと、沖本君！」

声の主は女の子だった。

セミロングの髪に編み込みを入れたその女の子は、大股に沖本に詰め寄ると、手にした筒状の画用紙を、無造作に沖本の頭に振り下ろした。

「……痛てっ！」

「バカ、そんな痛いわけ無いでしょ……」

大袈裟に頭を押さえた沖本に、少女は呆《あき》れたように言う。

「何やってんのよ」

「いや……別に……」

訊かれた沖本は誤魔化すように答えて、あらぬ方向を見る。

「もぉ、キミは放《ほ》っとくとすぐサボるんだから……」

少女は仁王立ちで沖本の前に立ち、睨み付けた。だが小さく口を尖《とが》らせているその表情に、あまり迫力は無い。

「悪りい悪りい」

沖本は笑いながら、少女に謝る。

「奈々美《ななみ》さんの言う通りです、ハイ」

そしておどけた調子で両手を上げると、少女に観念して見せる。

少女は二年生で、武巳も知っている人物だった。彼女は名前を大木《おおき》奈々美といって、沖本の彼女なのだった。

現在、実質美術部の活動は、この奈々美が仕切っているという。

三人いると聞いている二年生の最後の一人を武巳は知らないが、奈々美の性格はこの通りでリーダーシップも感じる。確かに順当なところだろうと、部外者の武巳も、この様子を見ていて思った。

「時間も人も少ないんだから、こんな時くらい真面目にやってよね……」

奈々美はぼやく。

「でも、特別展の方は俺もやったよ？」

「当たり前でしょ！」

沖本の言葉に、ぽこんと再び丸めた画用紙が振り降ろされた。

「みんなやったんだから、自慢になんないでしょ！」

奈々美は言う。

「大体、今は四人しかいないんだよ？」

そうして奈々美が示す教室には、一年生であろう二人の女の子が、時々こちらに視線をやりつつ、苦笑を浮かべて絵を掛けていた。

「……もぉ、裕《ゆう》ちゃんもどこ行ったんだか……」

腰に手を当てて、奈々美は溜息《ためいき》を吐く。どうやら女の子らしい、三人目の二年生は、どこかに行ってしまったらしい。そう言えば放送で、そんな名前の人を呼び出していたのを聞いた気がする。沖本が美術部なので何となく覚えている。

そうして武巳は二人の話を面白く聞いていたが、少しして、話を切り出した。

「……あの、おれも手伝うけど？」

武巳は言った。すると奈々美は急に笑顔を浮かべ、ひらひらと手を振った。

「別にいいよお、近藤君。悪いじゃん」

「いや、おれは大丈夫だよ？」

「うちも大丈夫だって。今からこのバカ、しっかり働かせるから」

にこやかに言って、奈々美は沖本の腕を摑む。

「でも……」

「八純先輩の絵、見るんでしょ？」

武巳達の話をしっかり聞いていたらしく、奈々美はそう言って微笑《ほほえ》んだ。

「あ……そうだけど……」

「武巳ぃ、行けー。俺に構うなー」

沖本も笑いながら、何か漫画の台詞のような事を言っていた。

「……じゃあ、そうするよ」

武巳は苦笑する。そして沖本に渡されたペンライトを、軽く振って見せる。

暗幕に手をかけたところで振り返ると、沖本は奈々美に見張られながら、意外と素直に作業を始めようとしていた。武巳はそれを見てもう一度苦笑して、『特別展』の入口の暗幕を押し広げ、その中へと入っていった。

3

そこは、思っていた以上に暗い空間だった。

武巳が潜《くぐ》った暗幕が背後で入口を閉ざすと、中は急に暗くなり、お化け屋敷《やしき》でもここまではしないような光の届かない空間となった。

よほど厳重に遮蔽したのだろうか、厚い暗幕は外の光を殆ど遮る事に成功していた。暗幕は音も空気をも防ぎ、中の空気は予想外に静かで、少し重く、澱《よど》んでいた。

そこに存在するであろう壁が、目には見えないながらも圧迫感となって、四方から感じられる。このまま歩けば、壁に当たる事は確実だろう。だがそれだけは確信できるものの、どれくらい動けば当たるのかは、全く感知できない。

手探りが必要なほどの暗闇。

人為的に闇が充填されたような、そんな空間。

「…………」

そんな、物の形も分からない闇の中で、武巳はペンライトを点けた。

こちっ、と小さなボタンの音がして、細く弱々しい光がその小さな器具に点《とも》り、ごく狭い空間を照らし出して、壁の、通路の輪郭を、うっすらと顕わにした。

小さな光の点が壁に浮かび、その周囲を、月の暈《かさ》のような弱い光が浮かび上がらせる。それは圧倒的な闇の中では無力に見えたが、それでも歩行に充分な明かりを、何とか武巳に提供していた。

武巳は明かりを振り、自分の周囲の状況を確かめる。

特別展の内部の壁は、一色の黒だった。

目の前は教室の壁の筈だが、それもすっぽりと暗幕で覆われていた。その艶の無い黒さが闇をさらに暗くして、ひしひしと通路の奥に澱み、見通せない暗部を、奥へ、奥へと作り出していた。

ぼんやりと輝く、黄ばんだライトの明かり。

するとそれに照らされて、目の前の壁に、明かりの色で一枚のプレートが浮かび上がった。

それは、この展示の始まりを示すものであり、白い紙にこの展示の作者と、作品のタイトルが印刷されていた。ライトを向けると細い光が、何とか文字が読める程度に、それを照らし上げた。

八純啓『連作・鏡の中の七不思議』

そう書かれていた。

この閉ざされた通路の中に、それらの絵が掛けられているのだろう。

それにしても七不思議とは、興味深い題材だった。この真っ暗な通路に絵を飾るという奇矯な趣向も、それならば「なるほど」と納得できた。

面白いやり方だ。

武巳は少し楽しみになり、通路の先を見た。

それにしても通路は暗かった。回廊の闇は足元不如意なほどで、雰囲気はたっぷりだが、先に進むのも躊躇わせるくらいだった。渡されたペンライトも、明かりが弱いのはもちろん、スイッチ式ではなくボタン式のものだ。ボタンを押している間だけ明かりが点いて、離せば消えてしまうという、ひどく頼り無いものだ。

それでも、それ無しには先に進めない。

武巳は通路の先へとライトを向けると、床を、壁をなぞるようにして、細い光でその先を、通路の先を、確認していった。

てん、てん、と壁に、額縁のような物が掛けられているのが見えた。

しかしライトの光量が小さ過ぎて、白いプレートだけは確認できるものの、暗色で描かれているらしい絵の中身までは、その一端さえも見えなかった。

掛けられているのが本当に絵なのかどうかすら、判別する事ができない。

光は何とか通路の端までは届いたが、殆ど暗い点でしかなく、壁が突き当たる位置くらいしか判断する事ができなかった。

曲がり角の様子は見えない。

密度の高い闇が満ち、通路の向こうは奈落のようだ。


「…………」


武巳はその闇に微かな不安を覚えたが、ここで戻る理由は無かった。

武巳は一歩ずつ、その闇の通路へと向かって、暗い足元に不安を覚えながら、こつこつと歩を進めて行った。

すぐに一つめの額の前に、辿り着いた。

掛かった額縁にペンライトを向けると、絵の中央だけがはっきりと、そして周囲は掠《かす》れた光の中に、ぼんやりと浮かび上がった。

武巳は思わず注視した。見た瞬間、写真かと思ったのだ。今まで見た事が無いほど、あまりにも写実的に描かれていた。少なくとも武巳の持つ絵に対する知識では、油絵がこのようにリアルに描けるとは、信じられなかった。

ヨーロッパの名画にあるような写実性だ。

武巳は一瞬目を疑い、そして額の中のものが本当にキャンバスに塗られた絵具で構成されているのだと確認すると、それが同年代の高校生の手で描かれたものだと思い出して、思わず感嘆の声を漏らした。

なるほど、沖本が賞賛するのも当然だ。

だが、同時に沖本が言っていた独特な雰囲気というのが、よく判らなかった。

その絵は、この学校のどこかを描いたものだった。一目で判る。そこには武巳達にとって見慣れた、この校舎特有の煉瓦タイルの壁が描かれていたからだ。

煉瓦の質感も、描写も、人の手が描いたとは思えないほど正確。

しかし、これが校舎のどこを描いたものかは、判断が付かなかった。

描かれているのは紛れもなく、学校の校舎の壁だ。だがそれは建物を描いたのではなく、校舎脇にしゃがみ込んで壁と地面の境目を覗き込んだような、ほぼ壁ばかりを描いている不可解な構図だった。

そしてその校舎の壁に、不均等な菱形をした、板状の物が立てかけてある。

板は滑らかで、かつその中に、小さな〝景色〟があった。

それは、〝鏡〟だった。

絵は校舎の壁に、割れた鏡を立てかけて、それを写生したものだったのだ。

絵の中の鏡には、微に入り細を穿《うが》ち、屋外の景色が描き込まれている。鏡に映っている背後の光景だ。緑の樹《き》と白い桜が入り混じっている外の景色は、敷地のどこか、恐らくは東側の校庭辺りを連想させるものだった。背景の単調な煉瓦壁と、対比するように鮮やかに細密に描かれた鏡の中の風景は、どこまでも細かく奥行きがあって、ミニチュアのごとく様々なものがしっかりと描き込まれていて、よく観察すれば場所が特定できるのではないかと、見ている武巳に思わせた。

武巳はもっとよく見ようとして、ペンライトを鏡の部分へと寄せた。

そして、つぶさに風景を見るうちに――――そこに奇妙なものが混じっている事に、ふと気が付いた。

緑に茂る、校庭の樹々《きぎ》。

白く咲く、桜の花。

その中に、それは立っていた。

桜の幹に入り混じって、その臙脂色の服を着た少女は、まるで背景に溶け込んでいるかのように、希薄に、透明に、立っていたのだった。

「！」


思わず、武巳の息が止まった。

その鏡の中の少女は、腰まであろうかという長い髪を風に流し、背景を透過して、あたかも幽霊であるかのように描写されていた。

その姿に、覚えがある武巳。

それは確かに、間違い無く、武巳のよく知っている、あまりにもよく知っている、一人の少女の姿だった。

「な……」

武巳の肌が驚愕で粟立《あわだ》った。

「何で……」

何故なら、そんな事は考えられなかったからだ。

武巳が知っている限り、何も知らない人間に、彼女が〝視《み》えた〟例が無かった。しかし武巳の目の前にある絵は、一切の見間違いを許さない写実性と描写力で、あり得ない筈のそれを描いていた。

作者の卓越した技術が、全ての曖昧な結論を許さなかった。

武巳は、それが信じられなかった。

しかし、結論は確かだった。

どんなに武巳が否定しようとも、そこに描かれている幽霊の少女は、あやめ以外の何者でもあり得なかった。


「…………！」


武巳は一歩、絵から後ずさった。

その時、ペンライトの光が絵から外れ、額の下に貼られた題名のプレートを照らした。

プレートには、連作のうちの一つである、この絵の題名が書かれていた。だがそれは題名というよりも、添えられた短文と呼んだ方が相応《ふさわ》しい種類のものだった。


――――東館の桜の森には幽霊が出る――――

プレートには、そう書かれていた。

その短い言葉はどんな長口上よりも雄弁に、武巳に底冷えする恐怖を与えた。最初のプレートで見た〝七不思議〟という連作の題名を、武巳はいま初めて明確な、具体的な意味のあるものとして認識した。

武巳は、しばし言葉を忘れた。

理解を超えた事態に、しばし武巳はその絵の前に立ち尽くしていた。

何も考えられず、思考は空転し、固まったかのような沈黙。その後、武巳は固い動きで通路へ目を向けた。先に続く黒い通路には、急に濃度を増したような闇が満ちて、深淵《しんえん》となって、広がっているように見える。

そして、

ぽつ、

ぽつ、

と、ペンライトの光にぼんやりと浮かび上がる、壁の額縁。

闇の回廊。澱んだ空気と静寂が、突然に息苦しいものに感じられ始める。

武巳を押し潰そうとしているかのような重苦しい闇の中で、武巳は一人、ただ自分の心音と呼吸の音とを聞いていた。

……ごくり。

喉が、空気を呑《の》み込んだ。静寂の中で立ち尽くしていた武巳は、やがて静かに、覚悟を決めて歩き出した。

次の額縁へと向かって。

全てを確認するしか、武巳に道は残されていなかった。

二番目の額の前に、武巳は立つ。暗いライトの光に照らし出された二番目の絵は、一号校舎の廊下が遠近法を使って、奥行きたっぷりに描かれているという構図だった。

その題材自体は何の変哲も無いものだが、奇妙な事には視点が妙に低かった。

まるで廊下の中央にしゃがみ込んで、そこから見た景色を描いたかのように見えた。

それは一番目の絵と、同じような高さの視点だった。そして恐らくその印象は間違っていないと、武巳は思った。

その廊下の中央に、あの菱形の鏡が、やはり据えてあったからだ。

絵の視点は明らかに鏡を覗き込む高さであり、鏡には同じように、映った景色が細密に描かれていた。

鏡に映っているのは、やはり廊下だった。

絵に描かれている廊下と逆側の廊下が、やはり鏡の中に奥行きを持って、描かれていた。

その鏡像は入れ子のように、周りの構図と同じだった。鏡を境にして前後の廊下が、一つの画面に描かれているのだった。

大小の、ほとんど同じ風景。

いや違う。鏡の中の風景には、中央に鏡ではなく、違うものが描かれている。

それは――――小さな、〝黒犬〟。

廊下から見た縮尺としては明らかに小さな、しかし明らかに成犬の形をした黒犬が、まるで威嚇するように、鏡の中からこちらを見据えていたのだった。

嫌な予感がした。

この絵が暗示するものは、一つしか考えられなかった。

額の脇には、タイトルがあった。


――――校内を走る見えない犬――――

そう、書かれていた。

「…………」

つう、と武巳の額に、汗が伝った。

どう考えても、これは武巳達の関わった事件、そのものだ。

武巳は何かに追い立てられるように、通路の先へと足を進めた。次の絵を、この先を、確認せずにはいられなかった。

三番目の絵は、樹木の根元だった。

草も生えた樹木の根元に、鏡の破片が置いてある構図だった。

鏡には、一本の樹が映っていた。その葉の生い茂った枝にはよく見ると、先が輪になった紐《ひも》が一本、下がっていた。

タイトルは、

――――校庭のどこかに首吊《くびつ》りの木がある――――

武巳は早足になって、次の絵へと向かった。

四番目は図書館だった。本棚に鏡の破片が立てかけられて、その向かいにある本棚が、表面に映っているものだ。

その本棚には一見すると、異常なところは何も無かった。

武巳はペンライトの光を当て、鏡像の本棚をよく調べた。

何も無い筈はない、と思った。そしてすぐに自分の考えが正しかった事を確信した。

同時に鳥肌が立った。

その本棚に並んだ背表紙にはずらりと『禁帯出』シールが貼られ、その隙間から、にゅう、と人の指が、こちらに向かって這《は》い出《で》ていたからだ。


――貸出し禁止の本を読んではいけない――


そう記されたタイトルを後にして、急いで次に向かった。もはや不安は、確信へと変わっていた。

五番目はどこかの教室のようだった。

しかしこの絵では、誰かの手に支えられた鏡の破片が、キャンバスのほぼ一杯に描かれていて、どこの教室か判別するのは難しかった。そして鏡には、もう一つの鏡が映っていた。鏡の破片の中に、姿見のような大きな鏡が映っていて、その中に手で支えられた元の破片が、さらに映し出されていた。

さらにその中に、また姿見が。

合わせ鏡となった二つの鏡はどんどん小さくなりながら、互いの中に互いを、無限の数、人間の手で描き込める限界の大きさになるまで、詳細に描いていた。

眩暈《めまい》がするほどの緻密な絵だった。だがそれを注視し、その中にある〝異常〟を見付けた途端、武巳は冗談では無く、頭から血の気が引いた。

鏡に映る姿見の、その最初の鏡像の中に、本来存在し得ない〝人影〟があったのだ。

それは他の鏡には映る事なく、最初の姿見の中、そこだけに立っていた。

それは———小さな男の子だった。

五歳くらいの男の子。それが鏡の中に立っていて、そして———男の子には両目が無かった。しかし、しかしだ。その異様な欠損を除けば、武巳はその少年の姿を、見た事があったのだ。

背筋を冷たいものが駆け上がった。


———いないはずの少年が鏡に映る———


タイトルには、そう書いてあった。

もう充分だった。最早これ以上の確認には、とても耐えられなかった。

もつれる足で絵の前から離れ、震える手で必死にペンライトを握り締める。そして足早に、出口へと向かって進んだ。

「…………！」

もう何も見たくなかった。

だが足は震え、足と足が絡まっているかのように、体が前に進まなかった。

意識ばかりが、先を焦った。だが先行する意識に反抗するように、もどかしいほど、体の動きが緩慢だった。

まるで粘つく暗闇の中を泳いでいるかのよう。

質量ある闇が体に纏《まと》わりつき、重く、息苦しかった。

通路の奥、曲がり角に着くまですら、異様に長く感じた。それは実際にはものの数歩の距離だったが、通路に満ちる闇に押し返されるように、足が進まなかった。

前進を拒む体。

言い知れぬ不安。

通路の角に手を突いて、そこを曲がる。

その先には暗闇がさらに密度を増しているように見えた。だが、この先は出口まで、そう距離は無い筈だった。

その事実に縋《すが》り、喘《あえ》ぐように、ペンライトの光を曲がった先の通路へ向ける。

壁に触れながらひたすら進んだ。ただ突き当たりに当たったライトの光だけを見て、必死になって、動かない足を運んだ。やがて武巳は、終点に行き着く。目前になった出口に、焦りと安心が同時に、胸の中に去来する。

だが、

ごつ、

とその時、壁を伝っていた手が、固い物に触れた。

「！」

思わずそちらを振り向き――――そして、しまった、と思った。

だがもう遅かった。そこには額縁が掛かっていた。手が触れたのはそれだった。至近距離にあったその額縁に、殆ど不可避な形で目が行き、そして至近距離で、額縁の中にあるものと目が合った。

「あっ」

鏡が、額縁の中に納まっていた。

あの、今までの絵の中に描かれていた、菱形に割れた鏡の現物が、絵具に埋め込まれるようにして額縁の中に嵌《は》め込まれていた。

鏡はペンライトの鈍い光の中で、異様な存在感をもって輝いていた。

そして、その鏡には武巳自身の引き攣った顔が映り、こちらを凝視していた。

だが映っていたのは、それだけでは無かった。

子供が映っていた。

鏡に映る自分の背後に茫漠《ぼうばく》と広がる闇。その鏡像の暗闇の中に〝それ〟は立っていた。両目を目隠しで塞いだ、あの子供が。背後の闇に。それは闇の中の、通路の広さを考えれば決してあり得ないくらいの向こうに、ぽつんと佇《たたず》んで、こちらを見ていた。

――――〝そうじさま〟

その名が脳裏に浮かんだ途端、子供は『笑った』。

「!!」

武巳の背筋を寒気が走り、一瞬にして総毛立った。弾かれるように振り向いた瞬間、背後の壁との距離を見誤って、右手が壁に当たった。ペンライトが手から吹き飛び、床に当たった音がした時、ボタンを押す者が無くなったライトは、無常にも光を消した。

唯一の明かりが消えた。

周囲が闇に包まれた。

武巳はパニックに陥って、立《た》ち竦《すく》んだ。何も見えず、何も聞こえず、すぐ傍《そば》の壁も見えない異常な闇と静寂に、武巳は押し包まれた。

ライトを、ライトを……！

武巳は慌てて、床へとしゃがみ込んだ。そして床に手を這《は》わせた時、気が付いた。

闇の中、武巳のすぐ傍に、自分のものではない息遣いが存在していた。

目の前の、闇。僅かな先も見えないその闇の中に、その気配はあった。

じっ、

と。座り込んだ武巳の鼻先に、それは存在していた。

まるで隣に、同じようにしゃがみ込んで、こちらの顔を覗き込んでいるような近くに、それは確かに息づいていた。

「…………！」

武巳は、その場から動けなくなった。

息が止まり、冷たい汗が、体中に浮いた。

まただ、と武巳は思った。

武巳はあのとき以降、もう何度も〝そうじさま〟を悪夢に見ていて、現実にも何度か、視界の端にその影を見るようになっていたのだ。

ぞわ、

と体中の産毛《うぶげ》が浮き上がる。

過敏な感覚が、目の前の子供の気配を感じ取り、形作った。

闇の中、武巳と〝それ〟は、向き合っていた。子供の笑みの気配が闇の中を伝わって来て、

武巳はそれを、全身で、知覚していた。

そして、

くすくすくす……

微かな笑い声が、闇の中に流れた。

そのか細い、この世ならぬ笑い声は、闇を媒質として震わせて、虚空へと広がった。

何も判別できない暗闇の中で、その密《ひそ》やかな笑いだけが、確かに、しかし虚《うつ》ろに、広がって行った。それが現実なのか、それとも暗闇から来る幻聴なのか、もはや武巳には、判断が付かなかった。

くすくす
くすくすくす…………

気配と声だけが、闇の中で笑った。

闇の気配が感覚を奪い、笑い声が、正気を奪って行く。

何も考えられず、武巳は固まっていた。だが、その張り詰めたような緊張は、次の瞬間に、いきなり破られた。

冷たい指が、頬に触れた。

瞬間、

「――――うわぁっ！」

武巳は破裂したかのように悲鳴を上げて、床の上に転がった。途端に武巳の体は暗幕を抜けて、暗闇の外へと転がり出た。無限と思われた暗闇はあっという間に拭い去られ、眩《まぶ》しい蛍光灯の明かりが、武巳の視界を白く覆い尽くした。

「あ……」

気付いた時には、そこはすでに現実だった。

武巳は〝出口〟から外に転げ出て、天井を見上げて、床に転がっていた。

その武巳を沖本が、そして美術部の女の子達が、目を丸くして見ていた。何が起こったのか判らず、皆一様に驚きの表情を浮かべていた。

「……」

「何やってんだ？　武巳」

やがて沖本が武巳を見下ろして、言った。

武巳は何と答えていいか、それどころか自分の状況さえよく解らず、呆然《ぼうぜん》として沖本の顔を見上げていた。

「え、えーと……」

「……転んだ？」

沖本のその言葉に、武巳はとりあえず頷く。

何が何だか判らないが、とにかく間違ってはいなかったからだ。

「大丈夫か？」

「…………うん……」

沖本の問いに、武巳は答えた。そのやり取りでようやく教室の皆は、この椿事《ちんじ》が何事なのか、納得したようだった。

「やっぱり中、暗すぎだったんじゃないですか？」

女の子達が、そんな相談を始めていた。その横で、武巳は沖本の手を借りて起き上がる。今までの異常な感覚の全てが失われていたが、脚がまだ震えていた。沖本の手を摑んだ武巳はその震えに気付かれないかと、そんな心配をした。

「……あ」

そして完全に立ち上がってから、武巳は気付いた。

「どした？」

「ペンライトが……」

武巳の手は空っぽのままで、落としたライトがまだ暗幕の中だった。

「中に落としたのか？」

武巳の視線の先を辿《たど》って、沖本が暗幕に手をかけた。それを見た武巳は先程の事を思い出して、ぎょっとして沖本を止めた。

「あ……！」

「ん？」

だが止めるのは間に合わず、暗幕は大きく捲られた。しかし中には〝子供〟の姿など無く、ただ床にペンライトが転がっているだけだった。

「どうした？」

沖本が不思議そうに、武巳を振り返って言った。

「あ…………いや……」

武巳は口籠り、暗幕の中と沖本の顔を見るうちに、自分の見たものが本当だったのか、急に自信が無くなった。

武巳は『特別展』の中で何があったかを、思い返す。しかし何も見えない暗闇で感じた、そして聞いた事は、教室の光の中に、すっかり実感が失われていた。それが本当に起こった現実の出来事だったのか、武巳には判らなくなった。

武巳は、

「…………何でも無い」


沖本に、そう答えた。

どう説明していいのか見当も付かなかった。

何も無かった事にしようと、自分の心へと、密かに言い聞かせていた。

# 二章「生贄の娘」

## 1

暗闇の中を、少女は歩いていた。

暗幕に囲まれ、空気の止まった暗闇の中を、ペンライトの小さな明かりを頼りに、その少女は歩いていた。

こわごわ、という形容がぴったりの動作で、少女は歩いている。

無造作に束ねた長い髪が、首筋から重そうに揺れている。

黄色い明かりが、波打った暗幕の壁を照らしている。

きゅっ、きゅっ、と自分の靴音が、後を付いて来る。

静かな通路の中、少女は自分の靴音だけを聞きながら、進んでいる。きゅ。きゅ。音は暗闇に吸われて、立つ端から、消えて無くなる。

「……」

少女は額縁の前で、立ち止まる。

立ち止まると同時に、全ての音は、闇の中に消える。

少女は、じっと額縁を、そしてタイトルのプレートを眺める。そして額に手を伸ばして、より見易《やす》い位置へと、額縁を掛け直した。

それに合わせて、タイトルの位置も変える。タイトルを書いた厚紙を外した時に、テープが暗幕から剝がれる音が、びりりと響く。作業を終えると、また沈黙が周囲に満ちる。しん、と黒い通路が、静けさで埋まる。

「…………やだなあ」

そして少女は、小さく言葉を口にした。

ここは暗く、静か過ぎる。一時の沈黙にも耐えられない気配の闇が、この暗幕の通路には満ちていた。

みっともないので実行はしないが、本音を言うと、歌でも歌いながら歩きたい気分だ。少女は特別展を歩いている。本番前の最後の仕上げだった。本番通りに少女が通路の中を歩き、絵が、題書きが見え難くないか、調べて調整しているのだ。

少女は一人、静寂の中を歩いている。

外では、他の皆が賑やかに準備をしている筈だった。

その筈だが、この中まで音は届かない。想像以上の暗幕の防音性に驚くと共に、知見を得たが、それ以上に後悔した。

こんな事なら、他の子にやらせれば良かった、と。

少女は怖いものが、何より苦手だった。

いっそサボろうか。このまま碌《ろく》に見ず外に出て、「大丈夫だった」と言えば終わるしバレる事も無い。そうも思ったが、生来の几帳面《きちょうめん》さが許さず、少女は生真面目に、一つ一つ額の位置を確認してその位置を直して行った。

直せば良くなるのに直さないなど、少女の性格が許さなかった。

少女は再び歩き出し、次の額の前に立つ。そして位置を、傾きを、より良《よ》い形に直す。

自分の仕事にひたすら真面目に。しかし——そうしながらも少女は、額縁の〝中身〟は決して見ようとはしなかった。少女はこの先輩の描く絵を、以前からずっと、気味悪く思っていたのだ。

「上手いのは認めるけど……」

それが少女の、飾る事の無い正直な感想だった。

せっかく上手いのに、何も〝お化け〟を題材にしなくてもいいではないかと思っている。しかも単なるお化けの絵ならば、まだ許せなくも無い。だが、少女は先輩の〝絵〟から、単なるお化けの絵という範疇を超えた、妙な生々しさを感じていて、それがどうしても受け入れられないのだった。

単なる題材とか、想像とか、そういうものとは何か根本から別のもの。

少女は先輩の絵から、そういう得体の知れないものを感じていた。

そんな絵を描き始めた先輩も、気味が悪い。はっきり言って、少女は先輩がおかしくなってしまったのだと思っていた。

あの事件から、先輩はおかしくなった。

しかもあの事件の鏡は、例の『噂《うわさ》』があった鏡だった。

これが先輩の最後の文化祭だと思うから、少女は我慢している。本心はここから今すぐにでも飛び出して、二度とこの絵を見ないようにしたいくらいだ。

しかし、そんな事を言える訳が無い。

あの『噂』が本当だなどと、信じている訳でも無い。

少女は黙って、絵の位置を直し続けた。だが胸の中では、ひしり、ひしりと、まるで通路の暗闇が染み込んで来ているかのように、嫌な不安が広がり始めていた。

きゅ、きゅ、と音を立て、少女は通路を歩く。

摺《す》り足《あし》気味の癖がある足音が、立っては暗闇に溶けて行く。

歩みは、自然と早足になる。だが急ぐ事は無い。この作業ももうすぐ終わる。あと少し、あと少しで、終わる。合わせ鏡を描いた、少女がこの中でも特に嫌いな絵も、もうとっくに過ぎていた。

後は、最後の額縁をチェックして、直してしまえば、この気鬱な作業もお終《しま》いだ。

きゅっ。きゅっ。最後の額縁に、近付く。

額縁に向けてペンライトを向けると、他の絵とは違う、絵に埋め込まれた鏡が、ライトの光を反射して輝いた。うっ、と少女は眩しさにたじろいた。そしてその光を見た途端、少女はこの作業中、ずっと考えないようにしていた事を、思い出してしまっていた。

「……」

それは今まさに目の前にある、この絵に使われている鏡、それにまつわる、とある『噂』についてだった。

この菱形に割れた鏡には、ある『噂』があったのだ。

正確には、この破片の元であった、大きな鏡に。この破片は、元は学校にあった、大きな鏡の一部だったのだ。


――この鏡は、死者の国へと繋《つな》がっている――

その鏡は、夜中の二時に覗《のぞ》くと死者が映るとか、自分の死んだ時の顔が映るとか言われていた、曰《いわ》く付《つ》きの鏡だった。

ただ噂は一つでは無くいくつもあって、時間が十二時ちょうどであったり、死者が映るのでは無く、鏡に引きずり込まれるという話もあった。いわゆる学校の怪談だ。小学生が噂しそうな話で、現実的な人間ならば、それこそ鼻で笑うような下らない怪談だった。

もちろん、少女も信じていない。

いないつもりだ。だがそれでも、ここで思い出したくは無かった。

皆が噂していた、呪いの鏡の現物が、これなのだ。それでも少女は義務感から、額縁へと近付いて行く。その鏡は暗闇の中で額縁の中に収まって、ペンライトの黄ばんだ光を、鈍く反射している。

きゅっ。

「……」

額縁の前に、立った。

そして額縁全体を、しかし中央の鏡はできるだけ見ないように、目の焦点から外して、眺めやった。高さや傾きを確かめて、バランスを見る。額が曲がっていないか、タイトルは見付け易い位置か、おかしい箇所は無いか、チェックする。

その間、外そうとしてもどうしても視界に入る鏡が、気を焦らせた。

それでも少女は、真面目にチェックを続ける。

しばし観察していたが、額は曲がってはいないように見えた。タイトルも、ちゃんと見やすい位置にあった。

「…………よし」

やっと。やっと、これで全部終わった。

何も変な事は起こらなかった。当たり前だけれど。早くこんな所は出よう。少女はそう思って、額縁に背を向ける。少女は振り向くような動作で額縁から視線を外し――――その動きが、途中で止まった。

「！」

背を向ける瞬間。

動かした視界の隅に、一瞬、入ったのだ。

鏡の中に、白いモノが居た。

びくん、と胸の中で心臓が跳ね上がった。

白い何か。それは暗幕に覆われたこの空間では、存在し得ない、少なくとも存在しなかった色彩だった。

「…………………!!」

ぶわ、と毛穴が開いた。

気配を感じた。横顔を、じいっ、と見られているような視線。

それはまるで、鏡の中から見られているような、真横からの視線。じっ、と。そして脳裏に残る、鏡に映った、白いモノの残像。

「…………」

額縁から横を向いた不自然な体勢のまま、硬直する。

ともすればそちらを向きそうになる目玉を、必死になって、意思の力で抑え付けた。

まさか。

まさか……!

心が何度も繰り返す。

かちかちと鳴る歯。震える呼吸。

今は視界の外にある、白いモノ。それは、記憶が確かならば。自分の目が、気が、確かなら

ばーーー

手に見えた。

気のせいだと思いたかったが、それに向き直り、見る事はできなかった。

まさか、そんな事ある訳ない！　悲鳴のように思った。錯覚だ。確認すればいい。だが恐怖が、確認する事を頑《かたく》なに拒んだ。

本能が、〝それ〟を見る事を畏れていた。

理性が、〝それ〟を見ない事を恐怖していた。

その綱引きが、身体《からだ》を、頭を、硬直させる。身動きできない身体の傍らで、視界の外で、気配がゆっくりと鎌首をもたげるように動く。

やだ、

やだ！

心の絶叫はどんどん大きくなるが、口から漏れるのは震える細い息ばかり。

周囲の暗闇はどんどん冷たい空気に変わるが、逆に体は激しく汗を噴き出した。

見ちゃだめ、見ちゃだめ、見ちゃだめ、見ちゃだめ、
見ちゃだめ、見ちゃだめ、見ちゃだめ、見ちゃだめ、

頭の中で叫びながら、そちらを見ないように、身体を硬直させる。
その視界の端では、その努力の全てを嘲笑《あざわら》うように、白いモノが、ぬう、と伸び上がり、近付き――

そして。

肩を、摑んだ。

「ひ――」

…………

……………………

## 2

◆赤名《あかな》裕子《ゆうこ》さんを探してください！◆

＊＊日の放課後から、二年生、赤名裕子さんの行方がわかりません。赤名さんは＊＊日の午後六時頃、一三〇二教室で見かけられたのを最後に行方がわからなくなりました。もし見かけた、又は＊＊日放課後以降に赤名さんを見た人は、教師か職員室、学生寮管理事務まで名乗り出てください――

＊

この年の文化祭は、そんな一枚の掲示から始まった。

昨日の日付が書かれたその掲示は、生徒達が登校して来た時間には、すでに学校の連絡掲示板に、文化祭のポスターに混じって張られていた。

それは多くの鮮やかなポスターの中に存在を埋没させていたが、掲示板への注目が高まるなか必然的に多くの生徒の目に入り、それを見た生徒達の意識に小さな影を落とした。文化祭はそれとは関係なく始まり、大部分の生徒は行方知れずの生徒の事を知らなかったが、しかしその大部分の生徒は『行方不明』の掲示に理由の無い不安を感じる感受性を持っていて、その掲示の存在が今年の文化祭の雰囲気に奇妙なものを混じらせたのは、誰もが口にする事は無かったものの確かな事実だった。

誰もが時折その掲示を目にして、ふと水を差されたような表情をした。

誰もが文化祭の忙しさに呑まれて、その掲示の事を忘れた。

土日という事で、近隣からも来客が多かった。微かな歪《ゆが》みを抱えたまま、祭典は盛り上がりを見せ始めていた。

＊

木戸野亜紀にとって、文化祭という行事は特別に興味のあるものではなかった。

元々他人と行動を一にするのが苦手な亜紀にとって、多数の人間が集まる〝祭り〟は、無理に近寄ろうとは思わない事物の最たるものだった。

何というか、とにかく性に合わない。

極端な話、亜紀は人の集まる行事が押し並べて嫌いだ。

よって文化祭も例外では無く、渦中に居てあまり気分の良いものでは無い。だが実際問題として、文化祭は確固としてそこに存在している。

あるものは、仕方が無い。

仲間内の付き合いであるうちは、亜紀もそれほど苦痛では無いのだが。

皆の手伝いをする事は構わないのだが、不特定多数の人間の中に居るのは、亜紀にとっては気の重い話だった。基本的に亜紀は、一人でいる事が好きな人間なのだ。

聞こえの良い言い方をするなら、一匹狼《いっぴきおおかみ》だ。そんな亜紀にとって冊子の配布だけを行う文芸部の活動は、比較的ではあるものの気楽に済むものだった。配布する冊子は無料で、配布所には一応人は置いてはいるが、特に手渡しもしておらず、基本的には部員の休憩室と変わらない片手間仕事のようなものだ。そのため、だいたい部員の誰かが配布所に居る。お祭り気分にせよ、休憩がてらにせよ、とにかく応対が必要になっても誰かしら居るのだ。

それならば、人嫌いがわざわざ顔を出す理由も無い。

そういう訳で亜紀は、必要以上に文化祭に関わる気は初めから無かった。

それでも出席は取るので、学校に居る必要だけはある。だとすれば、そんな亜紀が文化祭中に向かう場所は、そう多く無い。

「――――しかしまあ、よくこんなのばっかり集まったもんだね……」

そして。そんな文化祭初日。

亜紀が感慨深げな、あるいは半ば呆れた調子で言ったのは、朝の文芸部部室でだった。

そこでは亜紀と、それから空目と村神の三人が部室を占領して、てんでに本に目を落として過ごしている光景があった。その中で発された亜紀の言葉に、後の二人が手にした本から顔を上げる。『こんなの』同士、一度顔を見合わせる。

「……」

ブレザー姿の村神は、詰まらなそうに口の端をへの字に歪めた。

黒尽くめの空目は何か不可解そうな表情を目元に浮かべ、微かに首を傾けた。

三人は部室で、それぞれパイプ椅子など引き出して座っている。そしてあやめが、同じく椅子に腰掛けて、ぼんやりと辺りを眺めていた。

部屋にはその三人と一人だけが、漫然と時間を過ごしていた。

いつもの光景と言うならば、その通りではある。だが今日は平日では無い。文化祭当日、それも始まったばかりだ。

にも拘《かかわ》らず、この部屋には喧騒《けんそう》の一つさえ聞こえて来てはいなかった。ここだけが時間から取り残されたように日常の光景で、この場所を出れば全くいつもと違った、文化祭というお祭りが繰り広げられている。

離れた校舎から、喧騒の名残である気配だけが伝わって来ていた。

ここクラブ棟には、今は殆ど人が居ない状態だ。

教室や敷地が充分にあり、申請すれば控えの教室も割り当てられるので、さほど広くはないクラブ棟はわざわざ使う必要は無いからだ。さらに展示や催しは正門から近い校舎群で賄えているので、入口から遠い側である東側の校舎はほぼ文化祭に使われていない。そしてクラブ棟もそれに含まれていた。

今は盛りの文化祭から外れているクラブ棟に居るのは、多かれ少なかれサボる気がある人間だけだ。様々な理由で祭りに乗り遅れた者が、今のクラブ棟には溜まっている。望んだのかも知れないし、違うのかも知れない。だが、いずれにせよ文化の域であるクラブ棟は、表の文化の祭典とは切り離された空間になっていた。

武巳も稜子も、今ここには居ない。

今日はまだ二人とは顔を合わせていないが、おそらく文芸部の冊子配布所か、どこかの展示を見ているに違い無い。それが普通なのだろう。だが亜紀は一日中、こうして表には出ずに過ごすつもりでいた。こっちの方が気が楽だった。

一年生だった去年は下働きでそうもいかなかったが、今は亜紀も二年生だ。

去年も数人の二年が、部室で過ごしていたのを亜紀は知っている。

たくさんの生徒の中には必ずそんな者が居るようで、亜紀はその席に座るのを、去年のうちから狙っていた。そして蓋を開けてみた結果、今年ここに集まったのは、よりにもよってと言うべきか順当と言うべきか、この頭抜けて協調性に欠けた三人だったという訳だ。

要するに亜紀が言った『こんなの』はそういう事で、それは自嘲でもあったし、逆にそれを誇るような側面もあった。

「…………何か問題でもあるのか？」

そんな亜紀へと向けて、空目が口を開く。

空目は難解な題名の書かれた本を組んだ膝の上に置いて、無表情に亜紀を見る。手にしているその『カバラ』がどうとかいう得体の知れない本は理解できるのに、亜紀の持った感慨は理解できない。これは問題とか、そういう話では無いのだ。

「別に問題とかじゃないよ」

とは言え亜紀もそういうのは分かったもので、空目の疑問に的確な返答を返した。

「変だね、って思っただけ」

そう言ってぎし、と背もたれに上体を預けて、亜紀は椅子に座り直した。空目は自分が変わり者であるとか、協調生が無い事について、亜紀が持っているような自虐や誇りがないまぜになった複雑な感情を持っていない。

だから亜紀の感慨を理解しない。亜紀は本を読むためにかけている眼鏡の位置を直し、人差し指を栞《しおり》代わりにして文庫本を閉じる。そして空目が何か言うなら話を続けようかという態勢を作ったが、空目はあまり納得していないものの興味は失った様子で、再び手元の本へと目を戻した。

「……」

亜紀は、小さく溜息を吐く。

平和だった。

先月あれほどの事が起こりながら、学校はいとも容易《たやす》く平静を取り戻し、気味が悪いほどに平穏な日常が続いていた。

あの誰もが知っている事件から、約一ヶ月が経つ。しかし学校はそんな事は意にも介さず日常を繰り返し続け、まるで皆を油断させようとしているかのように、また平静な流れの中に全てを引き戻して行った。

行事も、授業も、何も滞りは無い。

しかし裏の事情を知っている亜紀には、その平穏さえもが作り物のように見えていた。

何もかもが元に戻っているなど、亜紀は信じていなかった。

亜紀はこの平和の中で、自分を含めた周囲の全てを警戒していた。

周囲との付き合いが殆ど無い亜紀には、学校の雰囲気などは全くと言って良いほど把握できていなかった。学校生活は、そんな亜紀にとって書き割りの背景のようなものだった。亜紀にとって、学校で現実感のある場所とは、文芸部の皆と居る時だけだ。その他は、全て背景に過ぎないとさえ思っている。

だが空目を、そして皆を害する〝異常〟というものが、そういった〝背景〟の中から現れる事を亜紀は知っていた。そして、それは逃げる事も、予測する事もできないものだと、亜紀は既に悟っていた。

この平穏は貴重なものだ。しかしいつ牙を剝《む》くか、判らないものでもある。

それはある意味において、昔の亜紀の生活と全く変わらないものだった。だが、今の亜紀は確実に、それを常態として耐え続ける事ができるほどの、昔のような破滅的な強さからは遠ざかっていた。

「……」

亜紀が漫然とそんな事を思い返していると、不意にドアの外に立つ者があった。

「…………あれ？」

数瞬の後、ドアを開けて顔を覗かせたのは稜子で、部室の中を見回すと、小さく不思議そうな声を漏らした。

「おはよ、稜子」

「あ、おはよ……」

亜紀の挨拶に、稜子は散漫な挨拶を返す。そしてもう一度、何かを探しているように部屋を見回すと、少し途方に暮れたような表情をする。

「どうかした？」

「あ……えーとね、武巳クン、見なかった？」

訊ねる亜紀に、稜子は答えた。どうやら今まで探していたらしく、クラブ棟の階段を駆け上がって来たのか、少し息が上がっていた。

「ん。今日は見てないね」

亜紀は答える。そして俊也達の方にも目を向けたが、俊也も空目も首を横に振った。

「そっか……」

稜子は入口の脇に立ったまま、溜息を吐いた。どこを探せば良いのか、すでに困っているという風情だった。

「どしたの？　はぐれた？」

「ううん、今日はまだ会ってないの」

稜子が答えるには、朝から武巳の姿を見ていないという。冊子の配布所に居れば会えるだろうと思っていたのだが、いつまで経っても現れないので、ここまで探しに来たらしい。

武巳が居ないこと自体は不審には思わなかったが、全く顔を見せていないというのは、亜紀にも少しだけ奇異に感じられた。確かに武巳の性格ならば、一度くらいは文芸部にも顔を出しそうなものだ。

「んー？　学校に出て来てないのかねぇ」

「風邪とか？　それでも電話くらい、くれるよ？」

「そだね……」

稜子の言葉に、亜紀は首を捻《ひね》る。空目と俊也の方を見たが、二人とも口は挟まなかった。別に何か理由がある訳では無く、何も言うべき事が無いだけのようだ。

「………」

部室に、先程までそうだったような、沈黙が降りた。

しかし今度の沈黙は、思案の沈黙だった。

皆が武巳不在の理由に、考えを巡らせた。そしてしばしの後、稜子が思い切ったように口を開いた。

「……ねえ……最近武巳クン、変じゃない……かな……？」

「！」

その稜子の言葉に、ここにいる皆の空気が、一瞬緊張した。

「……あのね、昨日もね………」

その言葉はいったん稜子の口から発されたものの、すぐに全員の沈黙の中で、自信なさげに先細りになった。

「…………」

皆、完全に黙ってしまい、稜子は自分の言った事を後悔したようだった。

上目遣いに亜紀を見て、すぐに下を向き、目を伏せて、口を閉じた。

その消え入りそうな様子に、誰も言葉をかけない。

部室に三度目の、しかしそれまでとは全く違う種類の沈黙が広がる。だがそれは稜子の言葉を否定する、そういった種類の沈黙では無かった。やはりという思いと、それでも覚悟ができていなかった動揺が、その沈黙にはあった。

亜紀は、そして恐らくは他の皆も、どう答えればいいのか判断が付かなかった。

極めて気まずい沈黙だったが、それを破ったのは空目だった。

「……何故そう思うか、聞こうか」

「え……？　でも魔王様……」

「構わん。言ってみるといい」

顔を上げた稜子に、空目は手にした本を閉じると、静かに腕を組み、その目を向けた。

亜紀は無言で、空目に目をやった。

大丈夫なのか？　と。

武巳の態度が微妙に変化している事には、もちろん亜紀達も、とっくに気付いている。その話をするのは、別にいい。それ自体は。だがこの話題は別の、もっと非常に危険な話にまで波及する恐れがあった。

それは――――〝黒服〟達によって操作された、稜子の記憶について。

そして、武巳の態度が変化したのは、間違い無くあれからなのだ。

武巳に腹芸ができないのはもう仕方が無い。だがそれでも、そのせいで稜子が失われた記憶に気付くのは避けなければならなかった。だから今まで触れずにいた。その話題に、ある程度やむを得ないとはいえ、空目は踏み込もうとしている。

亜紀は、そして同じように空目へと目を向けている俊也も、ただその事を危惧して、この話題に二の足を踏んだのだ。

空目はそれらの視線に、何も言わずに、ただ小さく頷いて見せた。

不安はあったが、いまさら止める事もできなかった。下を向いていた稜子は、そんな亜紀達の無言のやり取りには気付かずに、噛み締めるようにして考えをまとめると、やがて再び口を開いた。

「あ、あのね……」

稜子は言いかける。

だが、

「待った」

その瞬間、俊也が鋭く稜子の言葉を遮った。

「………？」

不思議そうな顔をする一同に、俊也は黙ってドアの方を指差した。

皆が眉を顰める中、廊下の外に足音が聞こえて、部室の外で止まった。

皆が口を閉じて、ドアを注視した。そんな沈黙の中、ノブが動いて、それから数瞬の間を置いてそっとドアを開けて入って来たのは、今まさに話題になろうとしていた、近藤武巳その人だった。

「…………」

皆が沈黙する。

武巳はその視線が集まる中で、皆を見回す。

そして武巳は、まるで先程の稜子のように逡巡《しゅんじゅん》した。

それから武巳はやはり同じように、しばし考えて言葉をまとめると、思い切った様子で口を開いた。

3

話し始めた武巳の話が終わったのは、十数分後の事だった。

話が終わると、亜紀を始めとする皆は、何とも言えない表情をして、武巳を中心に顔を突き合わせた。

亜紀は椅子の背もたれに寄りかかり、腕組みする。部屋の様子を眺める。部屋には動きは無く、部屋に居る誰もが押し黙り、皆がそれぞれの表情で武巳を見やって、武巳は何とも不安な表情でそんな一同を見回している。

「…………で？」

やがてそんな沈黙の後、亜紀が発したのは、やや攻撃的な疑問符だった。

不信感を隠す気の無い亜紀に武巳が俯《うつむ》く。突然現れた武巳が、部室に居る皆に切り出したのは、こんな話だった。

「頼む、みんな。赤名さんを見付けてくれ……！」

そう言って、武巳が皆に説明した、状況はこうだった。武巳の友達が所属しているという美術部の部員が、一人行方不明になってしまったという、その事件の顛末《てんまつ》。

武巳の説明は相も変わらず空回りする、要領を得ないものだった。

だが話を要約すると、こういう事だった。

つまり――――


「つまり、その赤名さんが居なくなったのは、〝化物〟のせいかも知れないって、そう言う訳ね？　あんたは」

「…………うん」


亜紀の言葉に、武巳は目を合わせずに頷いた。その武巳の表情は深刻で、行方不明になった赤名裕子の直接の知り合いなのだろうかと、聞いた者すべてに思わせた。

しかし、そうでは無いという。

単に友達の友達であり、顔も知らないという。

「……何とも返事しづらい話だね。それは」

亜紀はそう言って、自分の額に手をやった。というのも武巳は〝化物〟とやらの存在を主張するに当たって、一切根拠らしいものを出さず、しかもその割には非常に強く断言して譲らなかったからだ。

「頼むよ……」

「いや……って言うか、それで私らで探そうって言われてもねえ……」

亜紀は困惑げに呟く。それには村神も同意見らしく、ただ黙って眉を寄せ、部屋の隅で腕組みしていた。

何しろ今の武巳の話からでは、半信半疑にも至っていない。何故そこから〝化物〟が出て来るのか、武巳の説明からは、まるで解らないのだ。武巳が言うには、その赤名裕子という女子は、美術部の展示の準備をしている最中に行方不明になったという。そして、その状況に不審な点があったと。

美術部に所属している武巳の友人は沖本と言うそうで、今日は朝から、武巳は彼等《かれら》と一緒に居たのだという。というのも昨日の夕方からずっと、武巳達は赤名裕子が戻って来ない事に関して、職員や警察に事情を説明するなどしていたらしい。

朝から姿が見えなかったのは、そのせいだった。

知らない間に、誰も想像すらしていなかった事件に巻き込まれていた武巳に、全員が言葉を失っている中、武巳は説明をこう続けた。

「でさ――――昨日、赤名さんが居ないって分かった後に、先生とかから色々訊かれたんだけど、その後でみんなと話した時、ちょっと変だって話になったんだよ」

「変？」

「うん。沖本達は、最後に赤名さんを見たのはいつだったか、って話になったんだけど、それはみんな一致してて。みんなが赤名さんを見たのは、教室の中に暗幕で作った、展示の暗室みたいなものの中に入って行ったのを見てて、それが最後だって言うんだ」

「で？」

「入ったのは、みんな見てたんだ。全員」

「ふうん？」

「でも——それなのに、その中から出てきたのを誰も見てない」

「………」

懐疑的な目を向ける亜紀。だが武巳のその説明自体を疑う気は、亜紀には無かった。

おそらく美術部の皆と、そういった会話があったのだろう。だが、それだけでは本当に不審なものか、判断は付かなかった。それだけでは皆が出て行ったのに気付かなかっただけの、単なる失踪事件とも取れる。いや、その方が余程、正常な考えだ。

それはまだ、現実の範囲に見えるものだ。

武巳の言う〝化物〟には、全く遠い。

「出たのに気付かなかっただけじゃないの？」

「でも全員がだよ？　それに、その〝暗室〟は教室の一番奥にあったし、誰も見えないような場所に出口なんか無いんだよ……」

なおも武巳は言う。

だが、そう言われても、鵜呑《うの》みにするには根拠が弱すぎた。

行方不明という事件は事実らしい。亜紀も掲示板に貼られていた掲示を見ていたし、朝一番には同じ内容の放送もあった。だが、やはりそれだけでは異常な事件だとは断定する事はできなかった。いや、行方不明事件自体が異常ではあるのだが、本当の意味での『異常』とは別のもの、まだ『正常』の領域にあるものだ。

それなのに武巳は、主張を曲げない。

まるで何かを見て、これが異常事件であると確信しているかのようにだ。

「近藤……あんたは……」

珍しく強情な武巳に、亜紀は呻《うめ》く。

「ごめん、でも……」

「……分かった。もういいから、あんたが何でそれが〝化物〟のせいだなんて思ってるのか、言ってみな？」

決定的な質問をする。だが亜紀がそう言うと、武巳は口籠った。

「……えっと……」

「言うからには根拠があるよね？」

当然の質問。

「その〝暗室〟で何か見でもした？」

「……」

亜紀は迫る。しかし、それを言われた武巳は、明らかに表情を強張《こわば》らせた。

床に目を落として、口の中で何事か武巳は呟く。どう見ても、何かを隠しているように見える。だが数秒して、武巳は急に思い出したような表情をすると、突如としてこんな事を言い出した。

「あ………そ、そう、絵！　あの〝絵〟を見れば、絶対解るから……！」

そう言って皆を見回した。

「絵？」

「そう、絵。何て言えばいいのか判んないけど——とにかく見てみれば解るって！」

そして、次に武巳が選んだ言葉は、亜紀を困惑させた。

「絶対憶えがあるから！」

「は……？」

想定していない言葉だった。

「……憶《おぼ》え？　どういう事？」

「憶えがあるんだよ、何て言えばいいか判らないけど……」

判らないのはこちらの方だ。だがその後の武巳のさらに要領を得なくなった話と、様子を見る限りでは、これ以上のまともな説明は求められそうには無かった。

「んー……」

亜紀は呻く。

「……どうしたもんかね………恭の字は、どう思う？」

判断を付けかねた亜紀は、軽く後ろを振り返って、空目の意見を求めた。

空目は腕組みし、じっと目を閉じて、武巳や亜紀の話に耳を傾けていた。そして亜紀の求めを聞くと、静かに視線を上げて、答えた。

「今の段階では何とも言えんな」

「う……」

「情報が無い。知覚もされていない。今の段階ではただの失踪としか言いようが無い」

空目は抑揚に乏しい声で、淡々と言い切った。武巳はたじろく。

「でも……」

「何だ？」

武巳はそれでも縋るように言葉を継ごうとしたが、問い返されて、黙り込んだ。何とか言葉を継ごうとしていたがその、先を考えあぐねているようだった。

「ふむ」

しばらく空目はそんな武巳の様子を眺めていたが、その目を傍らの少女へと向けた。

「……あやめ。何か〝視える〟か?」

その問いと同時に、皆の視線があやめへと集まった。

注目されたあやめは、少し困ったような表情で首を傾げる。そして少しの沈黙の後、静かに首を横に振る。

「……いえ……」

あやめは控えめに、それだけを答えた。

武巳は弱り切った様子で、再び言った。

「だからさ……あの〝絵〟を見れば判るって……」

必死な様子。それを見ていた空目は微かに眉根を寄せて、武巳に訊ねる。

「近藤の言う、その〝絵〟とは何だ?」

「あー、えっと……何とかって先輩の絵でさ……」

「……」

「特別展———って、あの……さっき言った〝暗室〟の事なんだけど、その中に展示してあるんだ。学校の七不思議をテーマにして……」

「……七不思議?」

空目はそう言ったきり、ふと目を伏せて黙り込んだ。それを見た途端、村神の表情が微かに曇った事に、亜紀は気付いた。

その村神を見て、亜紀の中にも確信めいた勘が働く。

「とにかく、それを見れば判るから……！」

「って言われてもねえ……」

意気込む武巳を、亜紀は気の無い返事をして受け流す。

そんなやり取りが交わされている横で、空目は沈思していた。やがてしばらくして、空目は顔を上げた。

そして空目が言った言葉は、亜紀の先程の〝勘〟が予想した通りだった。


「………分かった。見に行こう」

「恭の字！」


亜紀は咎《とが》める口調で空目の名を呼んだ。

しかし空目は気にする様子もなく、武巳から美術部の展示をやっている教室の場所を聞き出していた。村神は、軽く溜息を吐いた。亜紀は若干の苛立《いらだ》たしさと諦めによって低くなった声で、忠告する。

「あのさ……いまさら他人事《ひとごと》だから放っとけとか野暮を言う気は無いけどさ、近藤を甘やかすのは感心しないね」

「そうか？」

「近藤の言ってる事は支離滅裂だよ？　せめて納得いく説明を求めても、バチは当たんないと思うけどね、私は」

亜紀はそう言いながら、武巳へと剣呑《けんのん》な目を向けた。

普段なら稜子がそろそろ庇《かば》い立《だ》てしそうなものだが、今回ばかりは何も言わなかった。武巳はただ目を伏せて、じっと床を見詰めていた。

理屈の上では、状況は完全に武巳に不利だ。

だがその中で空目だけが、場の雰囲気など意にも介さずに、立ち上がった。

そして言う。

「俺は、その近藤からの説明には、興味が無い」

「恭の字……」

「このまま聞いても恐らく役に立たん。時間の無駄だ。直接見た方が早い」

そうして空目は、あやめへと視線を向ける。

「あ……」

それを受けたあやめが慌てて立ち上がり、部屋を出る空目に続く。俊也は無言で壁から背を離し、大股にその後を追った。

「あー、もう、みんな近藤に甘いんだから……」

亜紀は不機嫌に、その背中へと言葉を投げ付けた。

そして残りの二人を振り返り、

「ほら、近藤、稜子！　行くよ！」

「！」

「う、うん……！」

二人を急《せ》かして、慌てる二人に背を向けて、空目の後を追った。

# 三章「孤独の騎士」

## 1

村神俊也は、美術部の絵に何かがあるなどとは信じていなかった。

話を聞く限り今回の件は、完全に武巳の思い違いか、考え過ぎだと思っていた。信じるに足る要素は殆ど無かった。武巳から受けた支離滅裂な説明からでは、行方不明と絵が関連するとは到底思えない。

しかし――――

「こいつは……！」

その〝絵〟を前にした俊也は、思わずそう呟いたきり、絶句していた。

そこには――――『特別展』なる暗闇の中、ペンライトの光に照らされて浮かび上がったその一綴《つづ》りの絵には、どれも俊也達にとって憶えのある、奇怪な『異界』を仄《ほの》めかすモノが描かれていたからだ。

あやめを直接スケッチしたとしか思えない、桜の森の幽霊少女。

廊下に佇む、見えない犬。

どこかにあるという首吊りの木。

図書館にあると言われる、呪われた禁帯出本——

それらはどれも、今まで俊也達が関わって来た、本物の〝怪異〟だった。それはただ学校の七不思議を無作為に並べて絵に描いただけと決め付けるには、あまりにも俊也達の経験と符合し過ぎていた。

それらは写真と見紛《みまが》うほどの技術で、極めて写実的に描かれていた。

その写実性ゆえに、そこに描かれた符合は、どんなに懐疑的な目で見ようとしても、一切の反論を許さないものだった。

「…………」

まるでそれらの〝怪異〟を目の前で見ていたような絵に、誰もが一言も無く、それらの絵へと見入っていた。何故このような絵が存在するのか、何故これを描く事ができる人間が存在しているのかと、皆が驚愕し、絶句していた。

最早、武巳の言葉を疑う者は無かった。

だが、だからと言って、それで武巳が勝ち誇る事も無い。

「……」

闇の中で、その連作は、静かに息づいている。

闇に満たされた通路の奥で、それらは俊也達を待つ。

その七枚一綴りの絵を、俊也達は一つ一つ確認しながら、進んで行く。

五枚目の額は、合わせ鏡の中に居る、目の無い少年の絵。

「……目隠しの暗示かね？」

亜紀が呟く。

誰も答えなかったが、特に否定する者も居ない。

一同は次に角を曲がり、六枚目を見付け、その前に立つ。今までの絵とは違い、そこに描かれている景色は、俊也には見覚えが無かった。鏡が立てかけられているのは、どこかの室内と思われる壁で、鏡像として映し出されているのも、どこか個人の部屋と思われる生活感のある机やベッドだった。

だが俊也には見覚えが無いものの、その内装の様子には、寄宿学校風の雰囲気が少なからずあり、明らかにこの学校の匂いがしていた。

空目が呟いた。

「この部屋は……？」

「陛下は見た事ないんだっけ？　多分、男子寮の部屋だと思う……」

空目の呟きに答えたのは、この暗室に入るのを渋り、今も何かに怯《おび》えているかのように口数の少ない、武巳の声だった。

俊也は、描かれた鏡の中の風景を覗き込む。

「男子寮か……」

見覚えが無い筈だ。自宅から通っている俊也と空目は、寮の中を知らない。

唸《うな》るように呟きつつ、絵の中から異常を探した。すぐに見付かった。ベッドだった。

部屋にあるベッドの――――その下の隙間の、影になっている部分から、大きな丸い二つの目が、じいっ、とこちらを見詰めていた。

眼球が剝き出しになったかのような、つややかに濡《ぬ》れた眼《め》だ。

見つけた瞬間〝それ〟と目が合った気がして、俊也は微かに嫌な気分になった。

ベッドの下の影は濃く、粘性を持っているかのようで、そこに何かが居るのでは無く、影自身が剝き出しの眼球を支えているようなイメージを受けた。そしてそれは、まるで影自身が眼球を持っていて、こちらを観察しているかのような、何とも気味悪いイメージを、見ているこちらの脳裏に擦《なす》り付《つ》けて来た。

――ベッドの下で待つモノたち――

タイトルには、そう書かれている。

一瞬、俊也はその〝怪異〟が、自分達の経験したものか判断が付かず、訝った。

だがすぐに思い出した。直接的には自分では無く、武巳達が経験したという〝怪異〟の事をだ。そしてそれが、学校では無く空目の家で起こった〝怪異〟である事も、また同時に思い出していた。

「…………」

俊也は無言で、その〝絵〟の前から離れた。

ペンライトを持っているのは俊也なので、皆も黙ってそれに続いた。

最後の七枚目があった。七枚目はひときわ大きな額縁で、回廊のほぼ突き当たりの位置にあり、うっすらと見える出口の対面に掛けられていた。それは、そこから振り返って暗幕をめくればすぐに外に出られるという、そんな位置だった。

俊也は、ライトの光を額縁へと向ける。

するとその瞬間、絵の中の鏡は他の絵とは違い、ライトの光をそのまま、眩しいくらいに反射した。

「っ！」

それは今までのものとは違い、普通の油絵では無かった。その〝絵〟は、本物の鏡がキャンバスに貼り付けられていて、その周囲を埋めるようにして絵具が厚く塗り込まれ、一枚の絵を構成していたのだ。

もしかすると逆で、絵具の中に鏡を埋め込んだのかも知れない。

だがいずれにせよ鏡は本物で、それを絵として見立てている作品だった。

描かれている背景は、学校の、教室の壁だ。しかも恐らくは夜の学校。本物の鏡を中心に教室の絵を描き、その鏡が教室の壁に立てかけられているように見せる事で、教室に立って絵を見ている鑑賞者の姿が鏡に映る事で絵が完成するという、そういった趣向になっているのだと思われた。

鏡には、黄色の光の中で俊也の顔が浮かんでいた。

それを背後から覗き込む皆の表情も、ぼんやりと見えている。

タイトルには、こう書かれていた。

――――七番目の不思議を知った者は呪われる――――

それはありきたりだが、七不思議の最後の欠番を意味する言葉だった。

「……どういう事だ？　これは」

俊也は低い声で、空目に向かって言った。

「何とも言えんな」

空目はこの暗闇がひどく似合う平坦《へいたん》な声で、そう答えた。

「だが、このまま無視できるものでも無い」

「ああ」

そうしている間も後から来た入場者が、次々とペンライトを持って、狭い通路の中をやって来るのが見えた。

「とりあえず、ここから出よう。あまり中に居ると不審だ」

「……そだね」

亜紀がぽつりと答えた。一同はその言葉に促されるように、重苦しく緩慢な動作のまま、暗幕の外へ出て行った。一人ずつ。そしてペンライトを持っていた俊也が、最後に暗幕を潜った時だ。外に出て、外の光を眩しく感じながら皆の元に合流すると、その皆の様子が何かおかしい事に、俊也は気が付いた。

「………？」

眉を寄せた。

俊也が教室に出た時、皆は出口の外で、制服を着た一人の見知らぬ男子生徒に話しかけられていた。

だがそれ自体に不審がある訳では無い。そういう事もあるだろう。

だが単に人に話しかけられたにしては、応じる皆の雰囲気や態度が、何か異様だった。そしてその光景にも、何か違和感があった。

「……あ？」

俊也は最初、その違和感の正体が判らなかった。

だが、その些細な、極めて些細な正体に気付いた瞬間、俊也は愕然《がくぜん》となった。

その男子生徒の視界、皆に話しかけながら視線を向ける先には。空目や亜紀など普通の人間だけでなく、明らかにあやめが入っていたのだ。

「……！」

そして、その男子生徒が言った言葉に、俊也は目を見開いた。

「やっぱり君が、あの〝幽霊少女〟なんだね」

そして俊也にも気付いて、男子生徒は目を向ける。

「空目、こいつは……」

「あの〝絵〟を描いた本人だそうだ」

俊也の問いに、空目は答えた。

「な……!?」

「八純啓。三年です。よろしく」

驚いて見る俊也を見返して、その八純と名乗った男子生徒は、その細面に穏やかな笑みを浮かべて、静かにそう言って、目を細めた。

2

是非、話がしたい。

互いの意思が一致した一同は、八純の勧めによって美術室までやって来ていた。

そこは油絵の匂いが染み付いた、授業用の大机が並ぶ広い部屋だった。ここは文化祭の期間中、殆ど使われる事の無い部屋の一つ。物は多いが、何となくがらんとした印象のある部屋だった。

俊也達はてんでに飲み物などを手にして、その大机の一つに集まっていた。

そうして簡単な自己紹介をして、話が始まった。

ここへの道すがら聞いたところによると、八純は美術部の展示教室にやって来た、あやめの姿を見付けたのだという。そして『特別展』から皆が出て来るのを待って、話しかけたという事だった。

経験から言えば、あやめの姿を予備知識なしに見付ける事ができた人間は〝魔女〟を除いて皆無に等しい。よって俊也達にしてみれば、八純がそれをしたという事実は、それだけでも充分に驚くべき事だった。

俊也達ですら、意識しなければ、存在を忘れてしまうのだ。そんなあやめに自ら話しかける者を見るのは、自分達や〝魔女〟を除けば今までは絶無だった。

だが八純は、それ以前からあやめを見かけた事があったという。

異常な存在だとは、最初から判っていたと。そしてまた、自分達のような生きた人間とは別世界に棲《す》む、関わりの無い、隔絶した、そういった存在だと認識していた。

だから美術部展で、人に付いて歩くあやめを見た時、八純は驚いた。

だから声をかけたのだ。かつて見た〝幽霊〟を連れた、この奇妙な一団へと。

「君たちは、もしかして〝視える〟人なのかい？」

「いや、見えるのはこのあやめだけです」

「そう……」

その空目と八純の奇妙な会話は、こんなやり取りから始まった。優しげな、神経質そうな細面をした八純は、しかし裏腹に強烈な意思を秘めた目を伏せがちにして、小さく溜息を吐いていた。

「……それは残念だな。ひょっとしたら、と思ったんだけど」

八純は言った。

その小さく落胆する八純に、空目が問いかけた。

「先輩が、あの絵を描いた？」

「そう。僕が描いた」

八純は答えた。

「つまり先輩は、これだけでは無く？」

「うん。その通り。僕はね、そこの彼女だけじゃ無く、他にも〝視える〟んだ」

そう言って八純は、自分の左目を指差した。

空目は眉を寄せる。

「左目？」

「そう。この左目が、僕に『彼等』を見せる」

八純は何の感情も見せず、ただ穏やかに、目を細めた。

「……いや、見えるようになった、という方が正しいかな？　実はこの左目、事故のせいで殆ど見えなくなったんだ。それからというもの、この左目は、現実の代わりに、異常なモノを見せるようになった」

言いながら八純は、指で左目の下瞼《まぶた》を引き降ろして見せた。

「君達も仲間かと思ったんだけどね」

その八純の説明を聞きながら、皆はその左目へと注目していた。だが、こうして見る目は微妙に焦点の合っていない違和感があるものの、特に異常があるようには見えなかった。視力は無いのかも知れないが、八純の言うような事故の形跡は見て取れなかった。

「こうして見ても、何にも無いように見えるよね？」

「ええ」

「でも、この目の中には見えないくらい細かい硝子の破片が無数に入ってるんだ」

「……」

その淡々とした説明を聞いて、武巳と稜子が、目に何か異物が入ったかのように、顔を顰めて瞬きした。

「弱視状態で、殆ど見えない」

そう言って、八純は自分の目から指を離す。

「破片が多い上に細かすぎて、摘出も難しくてね、そのままにしてあるんだ」

そしてとうに諦めているかのように、小さな溜息を吐いて見せた。

空目が訊ねる。

「それは昔から？」

「いや、そんなに昔の事じゃ無い」

「いつから？」

「二年の、三学期の時だったかな？　急に姿見が割れたんだ」

八純の指差す先には壁にカーテンが掛けられていて、ちょうど人間大の大きさに、壁をぞろりと覆っていた。

「まだそこにあるよ。枠だけになってるけど」

そう言って、八純は微笑《わら》う。

「となると、一年足らずですか」

「そうなるかな？」

八純は答えながら、小さく首を傾げた。

「その割には、落ち着いて見えますね」

そう言う空目の語調には、僅かだが感心しているような気配があった。

言われてみれば落ち着いている。急に事故によって片目の視力を喪《うしな》い、そのうえ異常な世界が見えるようになった割には、怯えも動じもしていない。それどころかその絵までも、描いてみせているのだ。

「大した理性だ」

空目は珍しい褒め方をする。

「いや、これでも最初は大変だったんだよ」

だがそれに対して、八純は微かに照れたような笑みを浮かべた。

「これでも画家志望だからね。絵を描くための命とも言える目をやられて、しかも〝異常なモノ〟が見え始めて、もちろんパニックになった」

言って、八純は遠くを見るように目を細めた。

「でも——それでも正気でいられたのは僕が〝絵描き〟だったからだ」

「……それは、どういう意味でしょうか？」

「そうだね、他人に話すのは初めてだけど、君達にならら大丈夫かな」

訝しげな表情をする一同に、八純は言った。

そして自分があのような〝絵〟を描くようになるまでの事を、八純は話し始めた。

それは怪談じみた、しかし淡々とした話で、しかしそれにしてはあまりにも狂った、奇怪極まる話だった。

＊

八純啓にとって、全てはその事故から始まった。

八純が二年生だった時のある日、部活動で美術室に居た八純の目の前で、突然何の前触れも無く、壁の姿見が破裂したのだ。

それは突然の事だった。鏡はまるで内側から叩《たた》き割《わ》られたように飛び散って、鏡像を描いていた八純は為《な》す術《すべ》も無く、破片の洗礼を正面から浴びてしまった。大事故だった。スケッチのため鏡を凝視していた八純には、目を庇《かば》う暇も無かった。

見ていた風景が一瞬で壊れて、次の瞬間には視界が真っ白になったのを今でも覚えている。思えばそれが左目の見た最後の現実の光景であり、その後は思考が真っ白になるほどの激痛が目を突き刺して、そこからの記憶は寸断されてしまった。

気が付いた時には、病院の匂いだった。

両目には包帯が、きつく巻かれていた。

「右目は大丈夫です」

その後の検査の後で、医者は言った。

「ですが左目は…………入った破片が小さすぎ、数も多すぎて、手の付けようがありませんでした。諦めるしか無いでしょう」

それを聞いた途端、八純は文字通り、目の前が暗くなるような思いだった。

絵を描くという行為は、まず最初に物を正確に見る必要があるものだ。特に受験で行われる静物デッサンなどはそうで、絵のモデルとなる対象の形や影、また遠近を正しく観察する目が必要だった。

八純の目指す受験に必要なのは、正確なデッサン力だ。だが片目では、それは到底叶《かな》わない事を八純は知っていた。

両目が無ければ、視野から微妙な遠近感が失われてしまう。

そんな状態では絵を描こうとしても、今まで通りに行かない事は確実だった。

そして医者の言う通り左目は殆ど見えず、そこから改善するどころか日に日に視力は低下して行った。絶望というよりも激しい虚無感が、八純の胸を喰《く》い尽した。

絵が描けなくなるとは言わない。

しかし美大を目指す八純にとっての絵は、もう描けない。

絵描きとしての八純は、ここで死んだのだ。絵描きの目で見ればいかにも扁平《へんぺい》に見える片目での世界を眺めながら、八純は呆然と病院のベッドの上で、一週間の入院期間を、ただただ漫然と過ごしたのだった。

周囲からは、沢山の慰めの言葉がかけられた。

「良かったね、大した事なくて」

……そんな訳があるか。

「運が良かったね」

……そんな訳があるかっ！

「また、絵が描けるね」

…………っ！

「右目が無事で良かったじゃないか」

……………そうだね、そうかも知れない……

両親や医者にそんな事を言われながら、八純は全てを諦めて行った。もう何をして良いのか判らず、一週間で抜け殻になって、八純は病院を退院した。

生《い》き甲斐《がい》は失ったが、だからと言って自殺を考えるほどの激しさは、残念ながら持ち合わせていなかった。生きながらにして八純は死に、しばらくの自宅療養中も無意味に過ごし、両親には笑って見せながらも、心の中は空洞だった。

扁平な景色が、何とも似合いだった。

心は落ち着いていたが、それは諦めの平坦だった。

そのまま生きて、消えるように死ねる気がした。八純は早々に、寮に戻った。

ただ、学校生活を繰り返す。

そうすれば、何も考えずに済む。

左目の景色は、どんどん掠れて見えなくなって行く。八純は空っぽの平静さで、その現実を受け入れて行く。

薄っぺらな日常。

左目の景色のように、掠れた日常。

ただ、美術部は辞めず、絵も描き続けた。未練という訳では無く、かと言って今までのような情熱も無かったが、今まで通りの繰り返しを行うには、もはや取り外す事ができないルーチンだったからだ。

八純はそうやって、過ごしていた。

何の目的も無く学校に通い、形だけの絵を描き続けた。

それは空虚で、平穏だった。だが、それが二年も終わりに近付いたある日、たった一つの事をきっかけに、変わってしまったのだった。

それはある日の事だった。

その日当番だった八純が、ゴミ捨て場にゴミを捨てに来た時だった。

ゴミ袋を置いて立ち去ろうとした八純は、捨て場の片隅で妙な物を見つけた。薄汚れて鈍く輝くそれは、ほぼ菱形に近い形をした、大きな割れた鏡だった。

「……」

それを見た八純は思わず立ち止まって、近付いた。

割れた鏡が捨ててある、それ自体は特に奇妙なものでは無い。

だが、何だろうか。その鏡には惹《ひ》かれるものがあった。理由は無く、強いて言うなら本能的な、いや、既視感的とも言える懐かしさを、その鏡に感じたのだ。

しゃがみ込んで、汚れた鏡の表面を指で拭った。

そして付着した埃《ほこり》の下から現れた輝きが目に入った途端、八純は左目を押さえた。

「うっ……！」

それは目の中で小石が動いたような、ごろりとした感触だった。左目が熱くなり、涙が眼窩《がんか》から溢れ出して、眼球が中から突き動かされるように、激しく痙攣《けいれん》した。

「…………!!」

とうとう左目が壊れたのだと思った。

しかし医務室へ行こうと慌てて立ち上がった時には、それは収まっていた。

異様に冷たい涙の感触だけが、頬を伝っていた。八純は呆然と、しばらく鏡の破片を見下ろしていたが――――やがて何故か自然とその破片を慎重に拾い上げて、それからゴミ捨て場を立ち去った。

何故そんな事をしたのか、自分でも判らなかった。

ただ、そんな気になった。

しかし、答えはすぐに判った。

「やだ、先輩。それどこから拾って来たんですか？」

鏡を持って美術室に戻った八純に、後輩の赤名裕子がそう言ったのだ。

「これ？ ゴミ捨て場だけど」

八純は答えた。

「やだ、まだ残ってたんだ……」

裕子は気味悪そうに、八純の拾って来た破片を遠巻きに眺めた。

「どうしたの？」

「どうした、って………知らずに拾って来たんですか？」

裕子は驚いたように言った。

「それ、ここの鏡の破片ですよ。私達が片付けて、捨てたんです」

そう言って裕子が指差したのは、今は亡き姿見を覆った、壁のカーテンだった。

「……」

ああ、と納得した。

そして自分の左目の中に入った破片の、その片割れである鏡を、じっと見詰めた。

呼ばれたのだと思った。そうして見ると、鏡に映っている扁平な鏡像は、片目を無くした自分には、いかにも相応しいような気がした。

「何でそんな物、拾って来たんです？」

裕子は嫌そうな顔をしていた。

確かに潔癖なところのある裕子にとっては、ゴミを拾って来るなど、とても好ましい行為では無いだろう。

「いや、何となく」

八純は答えた。

しかしそれに対する裕子の反応は、潔癖さだけが原因のものではなかった。

「先輩、捨てて来て下さい。気味が悪いです」

「……え？」

八純は、ぽかんと裕子を見返した。

「気味悪いって、何で？」

「知らないんですか？　その鏡、死んだ人が映るって噂があったんですよ？」

そう言って裕子は、その鏡にまつわる怪談をいくつか口にした。

曰《いわ》く、
この鏡は、ある自殺した人が使っていたものが、学校に寄贈されたものだ。
鏡を覗き込むと、死んだ人が、あるいは自分の死に顔が映る。
十二時ぴったりに鏡の前に立つと、手が出てきて鏡の中に引きずり込まれる。
鏡の前に靴を揃《そろ》えて置いて、行方不明になった生徒がいる。
など…………

裕子の言う噂は、一部は八純も知っていた。

割と有名な話だ。だがしかしその鏡が、この姿見だとは、八純も初耳だった。

どこかの鏡としか認識していなかった。怪談などはあまり真剣に聞いた事が無かったし、今まで特に興味も無かったからだ。

「そんなの、信じてるの？」

「い、いえ……そんな事は、無いですけど……」

「うん、何となく、ってやつだね。分かるよ」

そう言いながら、八純は鏡を持ち上げて、覗き込んだ。

怪談の中の『自分の死に顔が』というくだりに、虚ろな興味を引かれたからだ。何故ならその頃の八純の一番の関心事が、〝自分の死〟だったのだ。

誰にも悟られないように振舞ってはいるが、ここに居る八純は死人も同然なのだ。

肉体的に死んでいないだけで、心は完全に死んでいた。

苦しまず一瞬で死ねるなら、そんな死に方がいい。

八純はそんな事を考えながら、鏡の中に映る景色を覗き込んだ。

「先輩……」

虚ろな笑みで鏡を凝視する八純を、裕子は気味悪そうに眺めていた。それに気付いて、八純は鏡から目を離した。

「やっぱり、何も見えそうに無いね」

「当たり前ですよ」

不機嫌そうに言う裕子に笑いかけて、八純は鏡を机の上に置いた。

「あの、先輩、確か鏡を上に向けたまま置くと不幸があるとか、そんな迷信がありませんでしたっけ？　伏せて置きましょうよ」

「そう？　まあ、気になるならそうするよ」

妙に神経質になっている裕子に苦笑して、八純は鏡を裏返そうと持ち上げる。

だがその瞬間、八純はあるものを見て、自分の表情が、さっ、と強張るのを感じた。一瞬自分へと向き、目に入った鏡の中の光景には、当然映っていて然《しか》るべき、自分の顔が映っていなかったのだ。

しかも、ただ何も映っていないのでは無い。

鏡を動かしたその刹那に見えた光景は――――服だけそのままに、頭部がそっくり欠損しているという自分の姿だった。

自分の顔が無い。

あまりの不気味な光景に、ぞわ、と鳥肌が立った。

慌てて見直した。だがその時には、鏡は何事も無かったかのように、元のように、八純の顔を映していた。

「……どうかしました？」

固まった八純に、裕子が問いかけた。

八純は慌てて、何でも無いと答えた。

「何でも、無いんだ」

自分にもそう言い聞かせて。

だが、それからが――八純にとっての、恐怖の始まりだった。


最初に〝見た〟のは、その日の夜だった。


寮の自室で眠っていた八純は、突然異様な静けさの中で目を覚ました。

何故目が覚めたのかは、判らなかった。しかし気が付けば同室者の寝息さえも聞こえないほどの、深い静寂が室内に広がっていた。

妙に覚めた頭で、暗い天井を見上げていた。

その時、寝ている視界の左端に、何かがよぎった。

それは何かが床を走って、ベッドの下に入り込んだような動きだった。例えるなら猫がそうするような動きであり、何やら白いものに見えた。

不思議に思った。

そして数秒の逡巡の後、ベッドの端から身を乗り出した。

逆さになって、ベッドの下を覗き込んだ。

その途端――――逆さになった子供の顔と、目が合った。

その後の記憶は無い。

ベッドからずり落ちるような形で、八純は翌朝目を覚ました。

どうやらあの瞬間に、気絶したらしかった。もちろん夢だと、八純は思った。

何故なら記憶では、八純はベッドの左側に影を見たのだ。左目は、ほとんど視力が無いにも拘らず。

夢だと思ったし、そう信じたかった。

だがそれは間違いだった。あれが夢では無かった事を、八純はこの先、幾度も幾度も思い知る事になったのだ。


学校は、そして学生寮は、くまなく『彼等』の巣窟だった。

気が付けば、窓の外を何かがよぎる。

生徒の行き交う廊下を、誰にも見えない黒犬が走り回る。

校庭の真ん中に、明らかに生きた人間では無い影が立っている。

樹は首吊りの紐が、だらん、と下がって揺れている。

七不思議は、八純にとっては現実となった。左目の捩れた風景は『彼等』の存在をはっきりと捉え、まるで二つの違う絵を重ねて見たように、一つの視覚に投影した。左目が現実では無く、違う世界にピントを合わせてしまったかのようだった。それは怪談に言われるような、鏡の〝死者を映す力〟が左目に宿ったかのようだった。

いや――――もしかしたら、本当にそうなのかも知れない。

この左目の中には、あの曰く付きの鏡の微細な破片が、無数に入っているのだ。きっと、そうなのだ。しかし原因が判っても、その恐怖に耐えられるかという話とは、全く別の話だった。

寮の自室で、何日も布団を被って震えて過ごした。

やがて友人に説得されて学校に出るようにはなったが、そこは悪夢を具現化したような世界だった。

八純は死など怖くは無かったが、これは違った。

これは八純を殺してくれる恐怖では無く、ただ存在するだけの恐怖だった。

この異常極まる不気味な群れが、生きた人間にひたりと寄り添っていたという事実に、八純は恐怖した。

おぞましさに、気が狂いそうになった。

ドアの向こうに、部屋の隅に、どこにでも、『彼等』は居るのだ。廊下の端に、ベッドの下に、天井裏に、そして傍らに。ありとあらゆる場所に『彼等』は偏在していて、そして生きた人間を、じいっ、と見詰めているのだ。

誰にも言えない。

目を閉じる事もできない。

時には瞼の裏にだって、『彼等』は居る。どこにも逃げる事は、できない。

日に日に、八純の精神は追い詰められて行った。

自分の髪の毛を引き千切り、毎夜眠れずに過ごした。

本当に気が狂う一歩手前まで、八純は追い詰められた。しかしそんな危機的な状況は、とある一つの試みによって、劇的なまでに克服された。

それが――――〝絵〟だった。

あるとき八純は、人から、とある怪奇画家のエピソードを聞いた。

それは八純もよく知っている、海外の有名な怪奇画家の話だった。その彼は、幼い頃から頻繁におぞましい悪夢を見ていて、自らの悪夢に怯えた末、それを絵に描く事で恐怖を克服したと言うのだ。
あの『彼等』を、絵に描く。
そんな事は、考えた事も無かった。
実行するにしても、それこそ恐ろしい勇気が必要だった。何故なら『彼等』を絵に描くため
には、当然だが、まず『彼等』を直視しなければならないのだ。
だが、藁《わら》にも縋る気持ちだった八純は、それを実行した。
まずは、かつて望まずに見てしまった記憶を頼りに、『彼等』の素描を繰り返して、直視す
る前の予行演習とした。
ところが効果はその時点で、すでに現れ始めた。絵として描いてしまうと、それはすでに絵
描きにとっては単なる絵であり、そうやってひとたび描き始めれば、自分の技術と感性を向け
る対象として、その〝絵〟を完成させるという欲求が生まれたのだ。
それは絵描きにとって、一種の本能のようなものだった。
一度手がけた『作品』を突き詰めて行くのは、絵描きとして当然の欲求だ。
その瞬間に、八純の中の恐怖は霧散してしまった。もはや八純にとって、『彼等』は自分の
描くべき絵のモデルという存在でしか、なくなってしまったのだ。

「……それからは、もう〝視える〟事が恐ろしく無くなった」

3

八純はそこまで話すと、ようやく手にしていた缶ジュースで喉を湿らせた。

「恐怖は、今でもあるよ。でもその〝恐怖〟すらも、僕がキャンバスの上に写し取ろうとする対象に過ぎないんだ」

俊也が見詰める中、八純の奇怪な話は、一つの締めくくりを迎えていた。

「あの〝異形〟は、そうして見ると、とても面白い題材だった。僕はその異常を、恐怖を、普通の風景の中に〝それ〟が存在する気味悪さを、いかにしてキャンバスの中に表現するか、それに心血を注いでいるんだ」

八純は穏やかにそう言って、皆を見回した。

そして、

「君達は『九相図』っていうものを知ってるかい？」

急にそう尋ねた。

空目が即座に答えた。

「仏教系の絵巻物の一種だったと記憶しています。人が死んで、死体が腐敗して白骨になるまでの様子を、段階的に九枚の絵に描いたという」

「うん、大体その通り」

その答えに、八純は微笑を浮かべる。

俊也も知識として知ってはいた。白い肌をした女性の死骸が徐々にどす黒く変色し、腐敗膨張して行き、犬に喰われて白骨になるまでを描いた絵巻物。いつだったか、社会の授業か何かで見た事があった。

「『九相図』は死体の腐敗段階を描き綴った、一種の連作だね」

八純は言った。

「あれは説法の時に見せる事で現世の儚さを教えるものらしいけどね。僕は本物の死体を前にしてあれを描いたと言われる絵師達は、そんな宗教的な使命感なんか超越していた、そう断言できるよ」

そう言いながら八純の口調には、徐々に熱っぽいものが入り始めていた。

「〝描く〟という行為は〝支配〟する事と同じなんだと、僕は『彼等』を描いた事で、初めて知ったんだ」

「支配？」

「絵描きはね、その描写に心血と魂を込めるんだ」

八純はまるで俊也達を説き伏せようとでもしているように、次々と力強く、絵描きとしての言葉を紡ぎ出していった。

「一個のモデルを前にしたら、それがいかに気味の悪いものでも、絵描きにとってはそれ自体が写し取る対象になるんだ」

熱っぽく、八純は語る。

「その時にはもう、自分の感じる恐怖なんか消えて無くなっている。いちど自分の中に取り込んで、さらにキャンバスの上に吐き出す過程で、モチーフは分解されてしまう。それは恐怖すらも同じだ」

「……」

「西洋でも『トランジ』という腐乱死体像があってね。まあ『九相図』と同じく身の毛のよだつテーマなんだけど、きっと描き手は描く過程で死の畏れを越えてしまったと思うんだ。絵描きはね、どんな物でも直視して描けるんだよ。それはきっと幽霊でも、異次元生物でも、神様でも変わらないんだ。絵描きの前では、全て一個の〝もの〟でしかないんだよ。一個の、絵のモデルなんだ」

八純はそう言いながら、皆を見回す。その語りの静かな迫力に、一同は思わず、俊也でさえも息を呑んで聞き入っていた。

「そしてね……」

八純は一拍置く。

「僕は確かに、絵描きだったんだよ」

そして八純は、一拍の後で、はっきりとした口調でそう言った。

それは強調すべき確かな克服の宣言であり、芸術家としての誇りに満ちた台詞だった。八純は恐怖を克服する事で、自分の絵に対する情熱と、誇りをも取り戻したのだ。

そんな物語。

八純の話が終わる。終わっても、皆はしばし沈黙していた。

八純の語った、その身に降りかかった不幸と〝怪異〟。だがその不幸も異常も塗り潰すほどの、芸術家たる八純の純粋。

やがて亜紀が、何とも形容し難いといった表情で、呟いた。

「……『地獄変』を思い出させる話だね」

その亜紀の言葉を聞いた八純は、微笑んだ。

「芥川龍之介《あくたがわりゅうのすけ》のかい？　そうだね。自分の娘が焼け死ぬ様を描いたあの絵師の気持ちは、今の僕なら理解できるかも知れないね」

そう言う八純の表情は、とても穏やかなものだった。

「僕はあの連作が描けた事には、とても満足しているんだ。僕の元の絵は死んでしまったけれど、これならば死人も悪くないと、そう思っているよ」

その気持ちに嘘《うそ》は無いといった、そんな表情だった。

それを見ている俊也の脳裏に、ふとこんな考えがよぎった。

もしかすると八純はもう狂っているのかも知れないと、そんな事を思ったのだ。

これは俊也の私見だが、八純の見ているものは、本物の『異界』だった。ならばそれを克服したと称する八純が、正気であるという保証は無かった。

だが、それは俊也にとって何ら問題にはならない。

なぜなら空目も、同じように狂っているのだ。

その空目は、話が終わるのを見計らって、席を立っていた。

そして鏡があったという場所のカーテンを捲って、中の様子を覗いていた。

カーテンの端から、元は姿身だった、鏡の無い枠が見える。そして空目はおもむろに振り返ると、感情の読めない目を細めて、八純を呼んだ。

「先輩」

「何だい？」

「申し訳ないが、あの連作は撤去できませんか」

空目が突然そう言い、それを聞いた八純の、これまでずっと穏やかだった表情が、この日、初めて曇った。

「どういう事？」

「あの絵は――いや、正確にはあの〝鏡〟は、本物の可能性がある」

空目の言葉に、一同に緊張が走った。

「本物？　何のだい？」

「普通ではない、異常なもの、という事です。断言はできないが可能性は高いと思う。ここでカーテンに覆われているように、隠されておくべき物だ」

「……」

「少なくとも、あんな場所で見世物にしておくべきでは無い」

空目はそう言って、カーテンを持ったまま八純を見据えた。俊也はそれを横目に近寄る。そして空目がそうしていたように、カーテンの中を覗き込み、やがて、気付いた。

「……」

八純は微かに眉を寄せ、思案する。

そして、

「――人に見られない絵には、何の意味があるだろう？」

そう、問いとも答えとも付かない言葉を、口にした。

「あなたの中での意味は、もう終わった筈だ」

対して、空目は応じた。

「後は絵に対する、感傷に過ぎない」

そう断言する空目の言葉には、容赦は無かった。八純は複雑な表情になった。しかし空目はさらに言葉を継いだ。

「赤名裕子さんの行方不明も、あの鏡が原因である可能性がある」

「！」

流石《さすが》にその台詞には、八純も動揺したようだ。

「それは。何を根拠に……」

「可能性です。あくまでも」

淡々と、空目は言った。それは〝黒服〟の使う論法によく似ていた。

そう思った俊也は、思わず渋面になった。

だがもっと渋面なのは八純だ。八純はしばらく沈思して、やがて、折れた。

「…………明日まで考えさせてくれないかな？」

肩を落として、そう言った。

「では明日結論を」

「撤去は鏡だけで、いいかな？」

「それが条件なら」

空目は淀《よど》みなく答えて頷き、姿見を隠すカーテンを、元のように閉じた。

そしてそのまま美術室を出て行こうとする空目に、皆が戸惑いながらも従った。そうしていると、八純が俯いたまま、口を開いた。

「君達は……赤名さんを探しているのかい？」

「……」

その問いには、誰も答えられなかった。

誰もこのような状況になる事など、想像していなかったからだ。

「まだ、判りません」

空目が答えた。

「そう。それなら……」

八純は顔を上げ――――


「僕からお願いするよ。もし彼女が消えたのが僕のせいなら、赤名さんを探して欲しい」


そう言って、力無く微笑んだ。

それはまるで自身の子供が犯罪を犯した親のような、そんなやりきれなさが混じった、寂しげな笑顔だった。

＊

八純を残して、美術室を出て。

俊也を含めた六人は、無言で廊下を、文芸部の部室へ向けて戻っていた。

渡り廊下を行く道すがら、文化祭の喧騒を背中に聞きながら、歩く。それぞれが戸惑いの表情を浮かべていた。一体何が起こっているのか、いや、それとも何も起こっていないのか、誰も把握できていなかった。

先程までの出来事が何を意味するのか、皆計りかねていた。

ただ空目だけが、一人平静な顔で歩いていた。

この状況のきっかけを作り、さらに自分の言った事を証明した武巳でさえ、状況を理解していないように見える。自分の言った通りだったと誇る事もせず、自分の望みが通った事を喜びもせず、むしろ状況の予想しない進み方に、強く戸惑っている風だった。

黙々と、皆は歩いている。

妙な不安と気まずさが、皆の周りを包んでいる。

「――なあ、陛下。結局どういう事だったんだ？」

誰も何も言い出さない沈黙の中で、そう最初に口を開いたのは、それでも武巳だった。その武巳の問いを聞いた途端、亜紀が露骨な溜息を吐いた。

「近藤……あんたは本当に羨ましい性格してるね……」

「……へ？」

「よりにもよってこの状況を作った張本人が、真っ先にそういう〝何も判ってません〟的な質問をする訳ね。何から話を切り出していいのか悩んでた私が、馬鹿に思えるね」

「え……ええ……？」

眉を顰める亜紀と、途端に情けない表情になる武巳。空目はそんな二人に目も向けずに、前を向いたまま答えを口にした。

「どういう事かは、判らん」

「判らん、って恭の字……」

「何が起こっているのか、全く判らん。あの〝絵〟を見る限りでは先輩の『異界』との関わりを疑わざるを得ないが、確証は一切無い。見た限りでは何の〝匂い〟もしないか、さもなくば認識できないほど薄い。現状では何も判らん」

「そう……」

期待が外れた溜息を吐く亜紀。他の皆もそれは同じらしく、白けたような雰囲気が漂う。

別に何も言わなかったが、俊也も同じだった。俊也は八純の言う事を直感的にだが真実だと思ったし、何よりも八純にどことなく空目と同じ心性を感じて、それがずっと気になっていたのだ。

八純と空目とは外見も人当たりもまるで違ったが、俊也はその根本にひどく共通したものを感じた。二人は進む方向性こそ違うものの、どちらも『異界』と『死』を根本として、人格が形成されているのだ。

そしてそのせいで、現実からは乖離《かいり》している。

その代わりにひどく現実的でない才能を発揮し、その方面では卓抜している。

これも俊也の直感だが、八純はある方面では疎まれ、またある方面ではカリスマを発揮しているのではないだろうか。空目と長く付き合って来た俊也は、空目のそういった特性をずっと見て来ていて、その経験から見ても、八純は空目とよく似ているのだ。

だから、気になる。

だが何が気になるのかと言われれば、即答はできない。

確実に言えるのは、俊也は八純に対してある種の危うさを感じているという事だった。それは空目に感じる虚無的な危うさと同じものだが、八純の柔らかい雰囲気はなおさら、その消えてしまいそうな危うさを強調していたのだ。

「……なあ。あの〝鏡〟が本物かどうかも、判らないのか？」

空目の否定によって再び生まれた沈黙の中、武巳が再び口を開いていた。

それに対する空目の返答は、先程と全く変わらなかった。

「ああ、判らん」

「その割には、はっきり言ってたよな」

武巳が珍しい調子で食い下がる。

「赤名さんの事とか。本当にあの〝鏡〟を見ると幽霊が映るとか、無いのか？」

「この時点では判らん。赤名裕子との関係も不明としか言いようが無い」

空目の答えはきっぱりとしていた。

「そっか……」

「だから警告だけで、猶予を与えた」

空目は言う。

「確証があったら、警告ではなく別の手段を考えた。もちろん確証は無いが、警告には根拠がある。あれを見なかったら、俺はこの件は放置していただろう。あれさえ無ければ、なにも問題は無かったんだ」

その空目の聞き捨てならない台詞に、亜紀が空目に目を向けた。

「根拠？」

「ああ」

「それって、何？」

訊ねる亜紀に、空目が答えて口を開いた。

「それは、いま言うべきでは無い」

空目は言う。しかし俊也は聞くまでもなく、その答えを知っていた。

今来た美術室の方を振り返り、俊也は厳しい表情で見上げる。

その〝根拠〟を、俊也も先程美術室で見ていたのだ。

あのカーテンに隠された、かつて姿見だった物を調べた時、枠の下隅に打ち付けられたものを俊也は見ていた。それは小さな金属製のプレートで、その姿身を寄贈した人物の名が刻印してあった。

くすんだ真鍮《しんちゅう》色の刻印を見た瞬間、俊也は皮膚が粟立った事を思い出していた。

確かに、それはここでは言えなかった。

正確には、稜子の前では言えないものだった。

それには、こう書かれていたのだ。

——寄贈　大迫栄一郎

# 四章 「盲目の道化師」

## 1

「なあ、一体何が起こってるんだ？」

訊ねる武巳。

「失踪に、あの絵。何かあるのは確実なんだがな」

壁際で腕組みする村神。

「現状では関連は全く不明だ。だが、確かに何かは起こっている」

椅子で脚を組み、答える空目。

「何だか、だんだん妙な事が起こる周期が短くなってる気がするね……」

パイプ椅子を軋《きし》ませて、溜息を吐く亜紀。

「…………」

そしてあやめが、ただ静かに俯き、窓際に佇む。

あれから部室に戻った一同は、難しい表情で話し合いを始めていた。

全員が戸惑いと、それに伴う苛立ちのような空気を発散していた。それは何が起こっているのか判らない、先の見えない苛立ちだった。

尻尾は確かに掴んでいるのだが、その先に何が繋がっているのかが見えない苛立ち。

いや、それどころか先に居るのは一つのものなのか、また本当に先に何かが居るのかすらも見る事ができない、そんな暗闇。

そして――

「…………」

日下部稜子は、その中でも最も混迷した、暗闇の中に居た。

稜子は今朝から続けざまに起こっている出来事に、全く付いて行けていなかったのだ。

皆の話に口を出す事すら、できなかった。訊きたい事はいくつかあったが、この場では少々憚られるものだったり、あまりにも基本的で、訊き辛い事だったのだ。

それは今日最初に訊きそびれた最近の武巳に関する話であり、今日の武巳の話だった。

そればかりは武巳本人を目の前にして訊こうなどという気には、とてもでは無いがなれなかった。

また今日の事件の話となると、訊く事自体が思い付かなかった。急に武巳が言い出した絵と失踪の話に、八純という先輩の話す奇怪な話。個々については何とか理解しているのだが、一連の話としては、付いて行くのも大変だった。

稜子は、ずっと気を取られていたのだ。

いつからか、武巳の様子が、徐々に変わっている事。それが稜子にとっては、最優先の懸案だった。

そんなさなかに、武巳が自分の知らない所であれこれと巻き込まれていた事にも、まるで蚊帳の外のような寂しさを感じた。稜子は少なくとも、武巳が何かを隠しているのではないかと感じていたし、そうでは無くもっと別の変化なのだとしたら、それが何であれ、稜子が考えるのも苦しい事だろう事は確実かつ明白だった。

いっそこの場で訊いてしまおうかとも考える。

そうすれば楽になるのではないかと。だが、これ以上関係がこじれる事になるのは、少なくとも今の稜子には耐え難かった。

武巳が〝その事〟に触れられたく無いと思っている事が、稜子には直感的に判っていたからだ。しかし、そうしている間にも、何かがすれ違い続けているような気がしたが、それが何かは判らなかった。

稜子は皆に付いて歩きながら、物思いに沈む。

それは次々と嫌な想像を呼び起こし、重い不安が胸の中に、結晶し始める。

それを自覚した稜子は、慌てて頭を振り、思考を散らした。その様子に気付いた亜紀が不審な表情で目を向けて来て。稜子は慌てて誤魔化し笑いを浮かべた。

「どしたの？」

「う……ううん、何でもないよ」

稜子は胸の前で手を振って見せる。

そして話題を逸らそうと、皆に訊ねた。

「ねえ、鏡を見たせいで行方不明になるなんて、そんな事、本当にあるの？」

苦し紛れの稜子の質問。そうすると空目がその目元に、微かに思案げな色を浮かべて、それに答えた。

「何とも言えんな」

「だ、だよね」

「まともに答えるなら答えは〝否〟だが、これぱかりはそういった範疇では語れないものだ、としか言いようが無い」

「うん、まあ……そうだよね」

稜子は目を伏せて、頷く。

「でも、ほら、魔王様。そういった話の事例って無いの？　行方不明だけじゃなくて、目に鏡の破片が入って、とかいう話」

「事例？」

「うん。あのね。わたし、あの先輩の話聞いてて、どこかでそういう話を聞いた事がある気がするんだけど……」

懸命に言葉をまとめて、口にする。

稜子はこれを機会に、まだ触れる決心の付かない武巳のこと以外、言いたい事は言ってしまおうと考えたのだ。それに、こういった話をしていれば、余計な苦しい事を考えなくて済むだろうと、そういう考えもあった。

そんな稜子の内心は知らず、稜子の言葉を聞いた武巳が、軽く手を上げて発言する。

「あ、おれもさ、それ思ったんだよ」

「え……と、武巳クンも、聞き覚えある？」

「あ、うん、そう。目に魔法の鏡の破片が入って、それからどうとか言う話、おれも聞いた事ある気がするんだけど……」

武巳は自信無さそうに、首を傾げる。

「そういう伝説とか、無かったっけ？」

そして思い出せなかったようで、空目に向けて、そう疑問を口にした。だがそれに対して即答したのは空目ではなく、亜紀だった。

「馬鹿だね。それってアンデルセンじゃないの？」

「えっ？」

驚いた顔で振り返る武巳。

「アンデルセンの『雪の女王』。伝説じゃないよ」

「え？　あ……そ、そうだ、それだ！」

亜紀の言葉に、武巳が拍子抜けしたような調子で、そう言った。

稜子も得心した。言われてみれば、魔法の鏡の破片が目と心臓に……というのは、確かにアンデルセンの『雪の女王』の筋書きだった。

「そっか……」

引っかかりは無くなったものの、稜子は少しがっかりする。アンデルセン童話は創作だ。自分は状況が摑めていないなりに、何かの手掛かりになればと思っていたのだが、それでは役に立ちそうにない。

しかし空目は口を開いた。

「ふむ。だが確かに、〝魔法の鏡〟は言い得て妙かも知れんな」

「え？」

稜子は空目を見る。

空目はそれに応える事はせず、話を先に続けた。

「少なくとも鏡の破片が目に入った事で、あの先輩は『異界』を見るようになった」

「あ……」

「あの先輩も同様のカテゴリに入る可能性があるが、古来より〝霊媒〟と呼ばれる人間には視力障害者が多かったようだ。以前に言ったかも知れないが、かつて神に仕える司祭は片目を潰したと言われている。潰した目が『異界』を覗き、残った目が『現世』を見る」

　言いながら、空目は体重を椅子の背に預ける。

「もしかすると、この世ならぬ世界を見るためには、現実の視力は邪魔になるのかも知れないな。その辺りの真偽は不明だが、少なくとも古代では〝見えない目〟こそが幽世を見るものだと信じられていたらしい。そういう意味では先輩は、確かに〝霊媒〟の資格を持っていると言える。昔は視力障害の娘が生まれると、イタコの修行に出したという話もある」

　言いながら、空目は目を閉じた。空目はそれこそ自らが霊媒のように、閉じた目の暗闇から言葉を引き出すようにして、淡々と言葉を繋いでいった。

「そうなんだ……」

「風説だ。事実は知らんがな」

　聞きながら、へー、と息を吐く稜子に、空目は無表情に言う。

「だがそういう意味では、あの八純という先輩は、伝統に則《のっと》った霊媒だと言える。少なくとも彼の見ている『異界』は偽物では無いし、霊感があるのも恐らく間違い無いと思う。

しかしそこは問題では無い。判らないのは行方不明事件との関係であって、それを誘発するような〝怪談〟に彼が〝感染〟しているのか、問題はそこだ。それが立証できない限りは、先輩と絵と行方不明事件との関連性は、現在のところ不明としか言い様が無い」

空目はそう言う。結論を避ける。

「ねえ、魔王様」

稜子は訊いた。

「じゃあ、そういう〝怪談〟とかは、無い？」

それを聞いた空目は、即座に答えた。

「正確に符合する事例となると皆無になるが——単なる〝鏡の怪談〟ならば、似たような例がいくつかあるのは確かだ」

「えっ？」

「あの先輩も挙げていた話だ。忘れたか？」

稜子は驚いたが、空目は特に面白くも無さそうに言った。

「え……」

「それ以前に、誰でも知っている、どこにでもある類の話だと思うがな。学校のトイレの何番目の鏡が……とか、階段の踊り場の鏡が……とか、そんな〝鏡の怪談〟を、一度くらいは聞いた事は無いか？」

「あ」

すっかり忘れていた。確かに先輩は、あの鏡にまつわる怪談を口にしていた。あれは呪われた鏡だと。そして学校の怪談にも、鏡は定番だと。

「た、確かに学校の怪談にはよく出て来るよね。トイレの鏡……」

「そうだ。そういったものの中には、確かに〝行方不明〟系の話がある。多いのは十二時とか四時とか、特定の時間に鏡を見ると、老婆などが現れて、鏡の中の異次元や死後の世界に連れて行かれるという話だ。先輩が言っていた〝夜中の十二時ぴったりに学校の鏡を覗き込むと鏡の中に引きずり込まれる〟というのは典型例だな。学校の怪談に頻出する主要なモチーフと言っていいだろう」

言われてみれば確かに、そんな話はどこにでもありそうだ。

それを受けて、亜紀が言う。

「確かに学校に限らず、ホラーのギミックとしては頻出する気がするね、鏡は」

「合わせ鏡とかもあるよね」

稜子も頷く。

「〝紫の鏡〟なんてのもあったよねえ。二十歳までこの言葉を覚えてたら死ぬ、とか」

「そだね。それに、基本的に鏡ってのは隠すもんだよ。昔の鏡台には鏡を覆う布を付けるのが当たり前だったけど、あれ実用的には意味ないでしょ」

稜子は亜紀と、指折り数えて鏡の逸話を挙げて行く。

武巳も思い出したように呟いた。

「そう言えば、うちでも鏡を剝き出しのまま置いちゃ駄目だとか言われて、うっかりやったら母親に怒られたっけなあ……」

それを聞いて、稜子にもいくつかの連想が働いた。

「あ、手鏡は伏せて置かなきゃ駄目って教わった。天井を映したまま置きっ放しにすると、家運が下がるとか言ってたっけ……」

「言うね。鏡が割れると、不幸がある前兆だとか言うよね」

亜紀も続く。

「こうして見ると鏡というのはやたらと迷信というかタブーが多いね。割と面倒だ」

「そうだねえ……」

そう思う。

そして口にはしなかったが、気味の悪い物品であるようにも思えて来た。

空目が言った。

「鏡は、古代では神聖視されていた」

それまでの不気味な話と、相反する切り口だった。稜子は、えっ、と思ったが、すぐに日本史の授業で習った事を思い出した。

「あ、そうだよね。邪馬台国《やまたいこく》とか……」

「そうだな。三種の神器の一つも鏡で、一説では太陽の象徴だ」

稜子の言葉に、空目は頷いた。

「それは鏡が貴重であったとか、それゆえに権力の象徴であったとか、様々な理由があるだろうが、何よりまず〝鏡〟そのものが神秘的、あるいは不可思議なものとして認識されていた事が大きいだろう」

続いたその言葉の意味が判らず、稜子は首を傾げる。

「……不可思議？」

「そうだ。〝自分と全く同じものが映る物体〟だ。それを不思議に思った事が、一度くらいは無いか？　子供の頃に疑問に思った事は？」

「あっ……」

「もしあるならばそれと同じ、いやそれ以上の不可解の念を、昔の人間が抱いたとしても、何ら不思議な事では無いだろう」

その空目の言葉は、稜子にとって軽い衝撃だった。確かに子供の頃にはそんな事を思った事もあったが、そんな感覚はすっかり忘れてしまっていた。しかし確かに言われてみれば、鏡というのは純粋に不思議な物体なのだ。

「鏡は古代から存在し、その永きに渡って、神秘性と共に歩んで来た」

　空目はそう言って、説明を始めた。

「その歴史の結果として、世界中に鏡に関する迷信や信仰が存在する事になった。これは意外に普遍的な感情らしく、鏡に関する日常的なタブーは、ヨーロッパから日本までそう変わりは無いらしい」

「へえ……」

「西欧でも葬式の時に鏡を隠すし、鏡が割れれば不吉の前兆だ。それから〝吸血鬼は鏡に映らない〟という俗信も、特に魔術的だったり珍しいものだったりする訳では無く、他の迷信と変わらない素朴な思い込みの一種に過ぎない。これらは鏡に対する一つの迷信的イメージを根にしていて、かつてカメラが登場した頃、〝写真を写されると魂を抜かれる〟という迷信が囁《ささや》かれたのとも全く同じ意識を根にしている」

「カメラ？」

「そうだ。カメラの迷信は、鏡の迷信の延長線上にあるものだった」

　空目は言った。

「カメラが、どうして？」

　魂を取られる。かつてそのせいでカメラが怖がられていたとかいう話を、歴史の笑い話として確かに聞いた事はある。だが鏡との繋がりが判らなかった。首を傾げる稜子。

「両方とも、人間の姿を正確に写し取る」

「あ……そうか」

「昔の人間はそれを物理的な作用とは考えず、神秘的なものと考えた。自分と全く同じものが眼前に現れる以上、それには神秘的な繫がりがあると考えた。つまり目の前にある鏡像は自分自身の一部、あるいは魂が抜け出たものと考えた。吸血鬼が鏡に映らないのは吸血鬼が〝蘇《よみがえ》った死体〟であって魂を持たないから。葬式の時に鏡を隠すのは、生きた人間の魂が鏡によって剝き出しになるため、それを死者の霊が連れて行かないようにするためだ。

鏡が割れると不吉なのは、鏡が自身の写し身だからだ。そして人間の姿を映した鏡像は、時に『呪術』で使われる事もあった」

急に呪術などという言葉が出てきて、稜子は目を丸くした。

「……鏡に映った人を、呪術に使うの？」

「そうだ」

「どうやって？」

「一例を挙げると、藁人形などの代わりに使う」

「あー……」

「鏡に映った相手に呪いをかければ、本人にかけたのと同じだと考えられた。『感染呪術』の対象という事だ。あるいは〝スペキュラム〟と呼ばれる鏡占いがある。夜中に鏡を眺めて精神集中する修行を続けると、その鏡の中に未来が映るようになり、やがては自分や他人の未来を操作したり、呪殺したりできるようになるという。実際どうかは知らんが」

空目は軽く鼻を鳴らす。

「写真に針刺したりとか、聞くもんね」

稜子は少し嫌な顔をして、呟く。

「それと同じかあ……」

そうすると亜紀が口を開いた。

「でもさ、恭の字。そういった〝俗信〟じゃなくて〝信仰〟とかになると、また別のイメージになるよね。さっきの三種の神器みたく」

「そうだな」

応じる空目。

「鏡は反面、光や真実の象徴として考えられる事も多いな。三種の神器の一つ、八咫《やた》の鏡も太陽としての象徴で、鏡は事物を正確に映し出すために真実の象徴ともされる。また神話にあるメドゥーサの逸話からだろう、邪眼《じゃがん》を跳ね返す護符としても使われている」

「そだよね」

「鏡に関しては無数の意味があって、一概には言えないのは確かだな。それだけ神秘性の歴史を積み重ねて来た物品という事だ」

そう言って、そこで空目はふと、眉を寄せる。

「だが、問題はそこだ。鏡は象徴としてもオカルトとしても、あまりにも多くの意味を持ってしまっている」

そこまで言うと、空目の声のトーンが、急に難しげなものになった。

「……問題？」

「手がかりとして広すぎる。もしも〝鏡〟が原因で怪現象が起こるとしたら、何が起こっても驚かない代わりに、何が起こるか判らないとも言える。もしもこの事件が〝本物の〟怪現象なのだとしたら、それを調査、あるいは予想しようにも、絞り込みが極めて難しい。手の出しようが無い」

「あ、そっか……」

そう言われて、稜子にも空目の懸念が解った。

「もし先輩が何か〝鏡の怪異〟に捕らわれているとしたなら――――俺もあやめも感知できていない以上、残念ながら待つしか無い。そして起こった現象が絞り込みの役に立つものである事を祈るしか無い」

そう締めくくる空目の表情は、何となく不愉快そうに見えた。

空目は無表情に、しかし確かに苛立たしげな様子で、目を閉じたまま大きく、胸の中の息を吐いた。

「まあ、俺は祈った事など無いんだが」

2

話が終わって、すっかり誰もが黙ってしまった部室で。

「ね、武巳クン……配布所の様子、見て来ない？」

稜子は言った。

武巳と同じ部屋に居る状態での沈黙に耐えかねた。だから勇気を振り絞った。

「え？　あ……ああ……」

一瞬戸惑い、そして頷く武巳に、稜子は少しだけほっとする。そして立ち上がり、亜紀達に声をかける。

「じゃあ、行って来るね」

「ん。行ってらっしゃい」

それだけを亜紀とやり取りして、稜子は部室を出た。

朝からずっと配布所を一年生に任せっきりなので、少しくらいは様子を見ておいた方がいいだろうと思われた。だがこのタイミングでは、雰囲気の暗い部室から逃げ出したと思われても仕方が無い。事実半分は、それが理由で間違い無い。

皆が深刻に考え込んでいるあの状況は、特に話が見えていない稜子にとって、決して居心地の良い場所では無かった。だが、もちろんそれだけの理由で、稜子が部室を出て行った訳でも無かった。

稜子は皆の話す言葉の端々に、何か稜子からは隠された、暗黙の了解のようなものを敏感に感じ取っていたのだ。

稜子は鋭い。今あの部屋に自分は居ない方が良いのではと、そんな風に思ったのだ。別に、そんな事では仲間外れとは思わない。自分に理解できる事は、空目や亜紀に比べるとそう多くは無い。稜子が外に出ていれば、話しやすい事もあるだろう。それでも武巳に声をかけて一緒に連れ出したのは、やはり一人だけでは寂しかったからだった。

武巳だけは、自分と同じでいて欲しい。

このところの態度の変化は気になるが、その思いの方が強い。

稜子はそんな思いを抱えながら、武巳と並んで本校舎へ続く渡り廊下を歩いていた。こうして黙って歩いている分には普段と変わらない武巳に、稜子は安心を感じつつも、一抹の不安も感じ続けていた。

口数少なに歩いている二人は、賑やかに談笑する一団とすれ違った。

そろそろ文化祭も落ち着いて部室との行き来も多くなったか、渡り廊下を行く人の数も、いくらか増えて来ていた。

「……だんだんこっちも賑やかになって来たね」

稜子が話しかけると、武巳は気の無い返事を返して来た。

「あ……そだな」

「冊子、たくさん貰われていってるといいねえ」

「そだな……」

答える武巳の様子は、精気を欠いているのが明らかだ。

最近の武巳は、こんな状態の事が増えている。それを指摘すれば、思い出したように元気を見せるのだが、少し経てばすぐに元のように気が遠くへ行ってしまう。

「ねえ……武巳クン、やっぱり体調悪いの？」

稜子は隣の武巳を見上げ、ここ数週間何度も訊ねた質問を口にした。

「へ？　……え、いや、別に？　そんな事ないよ？」

そして武巳も、何度も口にしているだろう答えを稜子に返した。

「じゃあ、悩み事？」

「違うって。何でも無いよ」

「……ほんとに？　なんか武巳クン、最近ずっとぼんやりしてるんだもん」

自分がどんな顔をしているのかは判らないが、武巳は稜子の顔を見ると、ひどく困った表情をした。

「ほんとに大丈夫だって」

「本当？」

稜子は立ち止まって、武巳をじっと見上げる。

武巳はますます困った顔をして、どこかへと目を逸らした。

「………やっぱり信用できない。武巳クン、ずっと調子悪そうだよ」

稜子は言い切る。

しかし武巳は、詰め寄る稜子に苦笑に似た、誤魔化すような笑みを向ける。

「ずっと言ってるだろ？　最近寝不足なんだよ」

武巳は無理に笑顔を浮かべて、いつものようにそう答えるのだった。そして稜子はその武巳の顔を見て、いつものように追及を止めるのだった。

「………………」

「………………」

二人は無言になって、再び歩き始める。

ちら、と稜子が武巳の顔を盗み見ると、武巳は後ろめたそうな、気鬱な表情をしていた。稜子も思っている事が大いに顔に出るタイプだが、武巳もそれに負けてはいなかった。武巳は誤魔化し通せているると思っているようだが、全然だ。

今朝は皆に相談し損ねたが、武巳が何かを隠しているのは明白なのだ。

もしかすると皆も、とっくに気付いているのかも知れない。

……何を隠してるの？

そう武巳に問い質そうかという意思が、稜子の中に再び頭をもたげた。しかし心の中の何かが、そのたびに稜子にストップをかけるのだ。

あんな事は、もう御免だ。

ひどく気まずい思いと共に、稜子の心の中のモノは、そう言う。

しかしそんな気まずさにも、そんな事自体にも、稜子は憶えが無いのだった。

不用意な事を言うなと、心の中のモノは執拗《しつよう》に言う。だが武巳にそんな事を言って気まずい思いをした事はおろか、家族にも友達にもそんな事をした記憶は――――特に警句と共に思い出される気まずい感情の記憶は――――無いのだった。

それでも、稜子は言えない。

決定的な事を、そして断定的な事を、どうしても武巳に対して言う事ができない。

何かを、忘れている気がした。

だが、それが何なのか、稜子はどうしても思い出せないのだった。

「………………」

無言で、二人、歩く。

音楽や歓声、話し声が、無言の二人を包む。

こうしていると、ずっと感じていた齟齬《そご》がどんどん大きくなっているような、そんな気分が稜子を苛《さいな》む。何かが致命的に間違っていて、しかし何が違うのかが判らない違和感のようなものが、いつからか稜子の中でずっと、膨らみ続けている。

何かが、ズレている。

何かが、間違っている。

ふと思い返すと、自分の中の何もかもが違和感を帯びているのだ。だが、その違和感の正体は、稜子にはどうしても判らないのだった。

「…………」

無言で、歩く。

そうするうちに、二人は渡り廊下を過ぎる。

やがて校舎に入り、二人は文芸部割り当ての教室に着いた。だが、様子を見るために入った二人を待っていたのは、後輩のこんな言葉だった。

「……あ、近藤先輩。あの子が先輩達に用があるそうですよ」

教室に入った稜子達を見付けた後輩の男の子は、丁度良かったとでもいうような表情で二人に近寄ると、そう言った。

「え？　俺達？」

「ええ」

「誰？」

「あの子です」

そう言って後輩の指差した先には、ブレザーを着た一人の少女が立っていた。

「なに？」

「さあ？　それは分かんないですけど……」

首を傾げる後輩に、稜子と武巳は顔を見合わせた。

そんな二人へと、少女は目を向けて来た。一見したところでは、稜子には見覚えの無い少女だった。少女は二人の所へやって来ると、僅かに緊張した表情で二人に頭を下げて、そしてこう言った。

「あの………皆さんは先程、八純先輩と話をした人達ですよね」

「え？」

「……あ！」

その言葉を聞いて、武巳が突然思い出したように手を打った。

「確か美術部の……」

「はい。一年の水内《みずうち》といいます」

武巳が言うと、背中の辺りまで髪を伸ばしたその少女は、そう名乗って頷いた。

「え？　美術部の子？」

「はい。お願いがあるんです」

驚く稜子の前で、はっきりと少女は言った。

「……お願いです。八純先輩を助けてあげて下さい！」

少女はそう言って、二人へ向けて深々と、その頭を下げた。

稜子と武巳は驚いて、何と答えていいか判らずに、ただ顔を見合わせた。

3

それは、稜子達二人の手には、余る話だった。

少し話をした結果、水内範子《のりこ》と名乗ったその少女は、稜子達二人によって、文芸部部室まで連れて来られていた。

亜紀も村神も、またもや降って湧いた話に厳しい表情をしていた。

そんな中で、範子は怯《ひる》む事なく椅子に座り、真っ直ぐに皆の方を見詰めている。

「…………で、八純先輩を助ける、って話だっけ」

「はい」

亜紀の言葉に、範子は頷いた。

範子は背筋を伸ばして、思い詰めた、あるいは何かの覚悟があるような真剣な表情をして、固い姿勢で座っていた。

範子が着ているのは制服のブレザーだ。この学校の生徒は一年の最初のうちは制服を着る生徒が多く、上級生になるほど私服になる傾向があった。そのため稜子は、範子に初々しいなという感想を持つ。入学した当時、稜子もこんな感じでこの部屋で椅子に座って、入部の希望をしたのだ。

懐かしいな、と稜子は思った。

しかしもちろん範子の要件は、そんな微笑ましい話では無い。

範子は皆の視線を受ける中、緊張の面持ちをして、しかし皆へと向かって、はっきりとこう言ったのだ。

「多分、八純先輩は悪霊か何かに取り憑かれてるんです！」

　その言葉は、こんな一見すると普通な少女の口から聞くにはひどく浮いていて、同時に妙に断定的で、また確信に満ちていた。

「…………」

　皆、反応に困っていた。

　部室の中には白々とした、あるいは戸惑ったような空気が、流れていた。

　その中で範子は一人、そんな空気に立ち向かっているかのような表情で座っていた。嘘でも無ければ冗談でも無い、そんな覚悟と自信と意思が、その範子の表情からは、ありありと見て取れた。

「……それは判ったんだけどさ」

　そんな雰囲気の中で、亜紀が口を開いた。

「水内さん、だっけ？　あんたは何で私らの所に来たの？」

「……」

　その亜紀の問いは、確かに稜子も不思議に思っていた。範子の言っている事の真偽は、とりあえず置いておこう。それにしても範子が稜子達文芸部の所にやって来たのは、どうにも不可解な話だった。

普通、〝悪霊〟についての相談など、お寺か何かの管轄だ。

それなのにどうして文芸部にわざわざやって来たのか、判らなかった。

確かに稜子達は、何度も不思議な事件に関わってはいた。しかしそんな事を部外者が知るとも思えない。普通、文芸部などが〝悪霊〟などという問題の解決になる訳が無いのだ。もしかして文芸部が怪しい事件に関わっていると噂にでもなっているのだろうかと、ふと稜子は心配になった。

だが範子の答えはこうだった。

「ごめんなさい。美術室で皆さんと先輩が話していた事を、立ち聞きしたんです」

「ああ……」

それは確かに、納得できる答えだった。

「すいません……」

範子は俯いて、謝る。

だが亜紀は構わずに、その謝罪を切って捨てた。

「別に。そんな事はどうでもいいよ」

そして話を進める。

「それより、どうしたもんだろうね。この子の話は」

そうして腕組みすると、亜紀はこの日、何十度目になるかも知れない溜息を吐いた。

今しがた範子の口から語られた話は、範子自身の目撃談からなるものだった。範子は一週間くらい前に、放課後の美術室で、不気味なものを目撃してしまったというのだ。

それは範子が偶然、美術室に忘れ物を取りに戻った時の事だった。

時間は相当に遅かったが、まだ美術室には八純が残っていて、範子は絵を描いていた八純に話しかけ、そのままいくつか会話を交わしたという。

だが、そうして話をするうちに何かがきっかけとなって、八純は「鏡の中に異様なものが見える」などと言い出した。八純はすぐに「冗談だよ」と否定したが、その時に範子は、見てしまったのだ。

鏡に映っている八純の腰を、あり得ない手が掴んでいた。

それを見た範子は、驚きの余り何も言えなかった。

どうすればいいか判らず、また誰にも言えずに、ずっと過ごしていた。

八純の言っていた事が本当に冗談だったのか、範子には判らない。だが見てしまった。まさか本人に問い質す訳にもいかず、しかしそれとなく八純の事を気にしながら、それでも何もできずに過ごすうちに、気が付けば文化祭が始まっていた。

そして、赤名裕子が行方不明に。

もしかすると自分の見たものと関係があるのかもと、範子は激しい不安に駆られた。

何が何だか、判らなくなった。そうして頭が混乱したまま今日になり、範子は鬱々と展示の仕事を行っていた。

そうしているうちに範子は、先輩が『特別展』から出て来た、見た事のない生徒の一団に話しかけるのを見た。

最初は先輩の知り合いかと思ったが、どうやら違うらしく、また様子もおかしかった。

そこで範子は先輩と一団の後をこっそりと尾けて、美術室の外から話を立ち聞きした。そして聞いたのだ。霊が見えるという先輩と、それを当然のように受け入れて話をする稜子達との話をだ。

範子は迷った。

が、結局範子は、文芸部の一団を探した。

八純の語った話は到底信じられなかったが、それを否定したとしても、自分の見たモノの説明は付かなかった。それよりも文芸部の一団が八純の助けになるかも知れないという、その可能性の方に縋りたかった。

そして――――範子は、ここにいる。

範子は緊張の表情で、稜子達を見詰めている。

思案げな一同の様子に、不安を感じているのだろう。

何か言ってあげたかったが、この場に適当な台詞は残念ながら思い付かなかった。代わりに亜紀が、いつもの調子の辛辣な言葉を浴びせた。

「それにしても、よくそんなあやふやな事で私らを探す気になったね。そんな妙な話、あんたの勘違いだったら笑い者だよ？」

「………………」

範子は膝の上の両手を握り締めて、微かに身を縮めた。

「大体、たかが高校生の私らが助けになるとは限らないじゃない。もう少し考えて行動した方がいいと思うね、私は」

いつも以上に否定する。だが、それが機嫌が悪いからなのか、それとも範子を諦めさせようとしてわざと言っているのかは、稜子には判らなかった。

「でも……」

範子は、口を開く。

「何？」

「あの、でも……」

冷たく聞き返す亜紀に、範子は一瞬口籠る。

それでも、範子は言ったのだ。

「……でも私、何にもしないでいるなんて、できなかったんです！」

その言葉は明らかに論理を欠いていたが、この少女にとっての偽らざる真実であろう事は明白だった。

「はあ……」

それを聞くと、亜紀はこの日いちばんの大きな溜息を吐いた。大いに呆れた素振りで、肩を竦《すく》めて言った。

「……それで？」

「え……」

「え、じゃなくて、続き。あんたの言いたい事はそれで全部なの？」

「あ………はい！」

溜息と共にそう先を促した亜紀の言葉に、範子は慌てて次の言葉を探し始めた。

稜子はその様子を見て、少しだけ嬉しくなった。こんな事を言ったら怒るだろうが、亜紀は何だかんだ言っても、こういった子を突き放さないのだ。

それはもしかしたら、皆や稜子のせいかも知れなかった。

最初に会った頃は、亜紀はもっと取っつき辛《づら》い子だったのだ。

稜子がそんな事を思っている間に、範子はもう次の言葉を見付けていた。

「………あの……あの、私、先輩がああなった原因は、あの鏡だと思うんです」

そう言う範子の表情は極めて真剣で、範子自身がそう信じているだろう事が、明らかに窺えるものだった。

「鏡、ね……」

「だって、それしか考えられないんです。居なくなった赤名先輩も、ずっとあの鏡は〝気持ち悪い〟って言ってたんですよ」

言いながらも範子は〝鏡〟の事を思い出したのだろう、微かに身震いした。

「呪われた鏡だったって噂も、聞いてます」

その範子の表情は不気味な〝怪談〟について語るものでは無く、不気味な〝事実〟について語る時のものだった。

察せられた。範子にとって、その〝鏡〟の呪いは噂などでは無く、確かな現実なのだ。そして彼女が目撃し、また八純が美術室で語った、彼の身に起こっている怪しい出来事が鏡のせいだと、範子は完全に信じているのだった。

「────分かった」

今まで目を閉じて、ただ黙って聞いていた空目が、そこで口を開いた。

「え、じゃあ……」

「話は分かった。だが、八純先輩自身は、助けなど欲していないぞ？」

俯けていた顔を上げ、一瞬顔を輝かせた範子だったが、その空目の言葉を聞くと、再び顔を曇らせた。

「美術室で先輩が俺に言ったのは、もし赤名裕子が鏡の所為《せい》で行方不明になったのなら、それを探して欲しいというものだ」

空目は淡々としていた。

「先輩自身は何も助けなど欲していないし、そもそもあの〝異常なモノ〟が見えるという事実を、少なくとも現在は苦にしていない」

「…………」

範子は俯く。

「それでも先輩の状況を解決するという事なら、俺は賛成しかねる」

「……魔王様！」

その言葉に、稜子は驚いた。稜子は、空目が範子の頼みを聞き入れてくれるだろう事を、少しも疑っていなかったのだ。

「何だ？　日下部」

「あの、でも」

そこまで口にしたものの、稜子は先が言えなかった。可哀想《かわいそう》だ、とか、助けてあげよう、とか、言おうとした言葉だけならいくらでもあったのだが、どれも考えてみれば、無責任な台詞だった。

「あ、亜紀ちゃん……」

稜子は助けを求めて亜紀に目をやったが、肩を竦められただけだった。亜紀の表情も幾分は意外そうだったが、さほど驚きはしていなかった。

俊也にも目を向けたが、黙殺された。

武巳は困ったように、皆を見回していた。

稜子は、困った。それでも何か言わなければと、言葉を探す。

「でも……」

だが、そんな稜子をよそに、範子は顔を上げ、自分の言葉で再び説得を始めた。範子は稜子などより、余程しっかりとしていた。

「私、先輩の昔の絵を見せて貰った事があるんです」

範子は言った。

「私が美術部に入った時は、もう先輩は、あのおかしな絵を描き始めてました」

「……」

「優しい先輩だったのでギャップがすごくて、最初は変な人だと思ってたんです。でも二年の先輩方に、あるとき八純先輩の描いた昔の絵を見せてもらったんです」

話しながら、範子はその絵を思い出すように、軽く目を閉じた。

「……すごく、素敵な絵でした」

深い憧憬を含んだ、言葉だった。

「先輩の描く景色や色は、そのモデルの一番綺麗な姿なんじゃないかと思います。それを正確に、時には誇張して写し取る先輩の絵は、まるで写真のようで、それ以上のものでした。その時に、八純先輩が遭った〝事故〟の事も、先輩方に聞いたんです」

範子は言って、ひとつ、溜息を吐いた。

「それで私、思い切って先輩と話をしたんです」

「……」

「最初は避けてたんです。でもそうしたら、先輩は本当に楽しそうに、絵について話してくれました。絵を描く事の喜びとか、人に絵を見てもらう事の喜びとか。それだけじゃなく、先輩は絵描きとして物を見る事の喜びも、私に語ってくれたんです。先輩は絵描きである事が本当に好きなんです。私、そんな人に会ったのは初めてで、私、すごく感動しました。だから私、先輩に昔のような絵を描いて欲しいんです。今の先輩も、先輩の絵も、とっても辛そうです。このままじゃ、先輩が可哀想です！　私は、何とかして先輩を助けてあげたいんです！」

話すうちに感極まり、ほとんど涙を浮かべて、範子は語った。

一所懸命だった。

その様子は、稜子の胸を強く打った。

稜子は何となくだが、こう思った。もしかしたら、範子は八純の事が好きなのかも知れないと、そんな気がした。

「………っ」

やがて感情が高ぶりすぎて、範子は言葉を詰まらせる。

泣きそうなのを必死で堪えて、範子はぐっ、と下を向いた。

長い沈黙があって、やがて部屋の中に満ちた感情が静まった。そして、それを待っていたかのように、空目が口を開いた。

「……助けて欲しいと、本人が言ったか？」

「…………！」

「悪いが駄目だ。八純先輩当人がそれを望まない限り、彼の〝霊感〟に触れようとは、俺は思わない」

空目はきっぱりと言って、静かにその目を細めた。

「どうして……！」

「言った通りの理由だ。俺は先輩自身が〝霊感〟を苦にしているとは考えていない。むしろ今の先輩にとって、不可欠なものだという印象を持っている」

「え？」

「彼はすでに、片目が見えない。この状態で〝見えるモノ〟を取り去ったところで、昔と同じように絵が描けるかどうか判るまい？」

「……っ！」

「彼を〝助ける〟事で確かに奇怪な絵を描く事は無くなるだろうが、その後、元のように絵を描けるようになるとは思えない」

「………」

「それが、拒否の理由だ」

絶句した範子に空目はそれだけ言うと、無感動な目で範子を見据えた。

また、俯く範子。

「で、でも、魔王様……」

稜子は思わず、口を挟む。

「何だ？」

「あの気味の悪い絵を描かなくなるだけでも、大きいと思うんだけど……」

稜子はそう言ったが、空目は言下に否定した。

「元の絵が描けなくなって、今は〝それ〟だけを描き続けているのにか？」

「あ……」

目の前の範子の気持ちばかりを考えていて、稜子は八純の気持ちの事を忘れていた。

「彼が本当に〝絵描き〟で、それが本当に好きだというなら、それこそ生きる意味を奪う事になりかねないと思うが」

その言葉に、稜子は一言も無かった。

「傍から見てどう見えるにせよ、人の行いの意味など本質的にはその個人の中にしか無いものだ。だから八純先輩が問題なく〝霊感〟と共存している限り、手出しをするべきでは無いと俺は考える」

「……」

稜子はうなだれる。

もう稜子には説得できる言葉が無い。空目の言う事は理解した。だが目の前で下を向いて震えている範子が、稜子には辛かった。

だが次に、空目が言ったのは、こんな言葉だった。

「……もしも俺がこれについて何かの対策に踏み切るとしたら、先輩自身が霊感との決別を望むか、先輩の霊感を中心にした〝もの〟が、他の人間に多大な害を与えている事が決定的になった時だ」

「え……」

空目の言った事の意味を察して、稜子は顔を上げた。

「それって」

「そうだ。もしも赤名裕子の失踪が〝鏡〟の所為なら、対策を考えよう」

空目は稜子に、頷いて見せた。

「その時は、このあやめを使ってでも、対処する」

「！」

そう言って空目があやめを示した途端、範子は初めてあやめの姿に気付いたように、ぎょっとした表情になった。

「さもなくば先輩が自ら〝解決〟を望んだ時――――もしもそうなったなら、その時もう一度来ればいい」

驚く範子に向かってそう言うと、空目は目を閉じた。

そして それ以上は、もう何も言う事は無かった。

# 五章　「鏡の前の女」

## 1

裕子の夢を見て、目を覚ました。

「…………」

大木奈々美は深夜に突然目を覚ますと、そのまますっかり目が冴《さ》えてしまって、寮の天井をひたすら見上げていた。

しん、とした、深い夜だった。

ベッドに寝た姿勢のままで、奈々美はじっと、暗闇を見上げていた。

背中が汗に濡れて、心臓が脈打ち、胸は悪夢の残滓《ざんし》に浸っていた。だが目を開けた瞬間に夢は薄れて、憶えているのは裕子の夢だというだけで、その詳しい内容は忘却の彼方《かなた》へと消えてしまった。

霞《かすみ》の彼方を、思い出せない。

それでも胸の中には、はっきりと悪夢を見たという感覚が残っていた。

きっと裕子の事ばかり考えていたせいだろう。奈々美は胸に溜まった澱んだ空気を、今初めて思い出したように、深く、深く、布団の中から吐き出した。いつもながら、寮の夜は静かな夜だった。ルームメイトの寝息が、隣のベッドから聞こえて来ていた。

部屋は静かで、また寮全体が眠っているのが五感で判った。

奈々美は目を開けて、ただ暗闇を見上げながら、ひたすら無為な事を考えて、瞼が落ちるのを待っていた。

じっと、待っていた。

だがこうしていても自然に目が閉じない時は、完全に目が覚めてしまっている時だと、奈々美は知っていた。

こんな時はいくら目を閉じても、動かさない体に不快が溜まるばかりだ。

そしてその不快さが、ますます奈々美を眠らせないのだ。

奈々美は眠れないまま、何度目かの寝返りを打った。

目覚めてしまった体が火照り、体を覆った布団がさらに不快な暑さになった。

「ん……」

何度か姿勢を変えて、布団の中に外気を入れた。だが眠れない事による不快は、時間と共にますます募るばかりだった。眠れない寮の夜ほど、辛いものは無い。こんな時に、沖本に電話でもかけられたらいいのに、と奈々美は思った。

夜中に迷惑な話だが、きっと恋人同士の話として笑って済ませられるだろう。

だがお互いに寮生では、そういう訳にもいかないのだった。

中にはそんな無謀なカップルもいるのかも知れないが、奈々美には無理だろう。誰にも気付かれないように、上手くやる自信は奈々美には無い。

戯れにいくつか計画を練ってみて、挫折した。

しかしそれでも、まだ眠くはならなかった。

何もする事が無い。

ただ時間だけが、過ぎて行く。

奈々美の中で、思考がぐるぐる巡る。

灰色の退屈の中で、頭はひたすらに無意味な事を考え続けて、やがて一周して、裕子の事に戻る。

「…………」

奈々美は溜息を吐いた。

今まで何度も考えて、もう心配し尽くしたと思ったのに。

裕子が行方不明などと、奈々美は未《いま》だに信じられなかった。しかし現実には学校に行っても裕子は居《お》らず、警察も来て事情を訊かれて、ただ現実だけは確実にあった。

事実も実感もあるのに、まだ心が付いて来ない。

どうしても、信じられない。

警察にも何度も訊かれたが、どうして裕子が居なくなったのか、奈々美には理由が見当も付かなかった。今まで裕子は、無断で部活をさぼる事すら、した事は無いのだ。とても真面目な子だった。ちょっと煙たいところもあったが、友達として安心できる子だった。どうして居なくなったのか、まるで判らなかった。何か事件に巻き込まれたのかとも思ったが、想像しても嫌になるばかりで、すぐに無益だと気が付いて、考えるのをやめた。

「はあ………」

口から、これ以上ないくらい重い溜息が出た。

また、胸の辺りに、澱《おり》が溜まり始めた。

もう、これでは眠るどころでは無かった。心臓の辺りが砂を詰めたように苦しくなって、奈々美は布団を押しのけると、ベッドの上に起き上がり、だからと言って何をする事も無くただ無意味に、真っ暗な室内を見詰めた。

「………」

部屋に広がる闇を、見詰めた。

泣きたくなったが、悲しんだら最後本当に裕子が帰って来なくなるような気がして、何度も深呼吸をして感情を殺した。

奈々美はベッドから足を下ろすと床を足で探り、見付けたスリッパに足を入れた。

無為に耐えられなくなった。そして、せめて顔でも洗って気分を変えようと、暗闇の中で、立ち上がった。

「……」

ルームメイトを起こさないように、奈々美は静かに洗面用具の入ったポーチを探して、足音を忍ばせて部屋を出る。

できるだけ音を立てないようにドアを閉めたが、この静寂の中ではドアの音が異様に大きく響いて聞こえる。

寮の廊下は要所要所に最低限の明かりが点いているだけで、全体にグラデーションをかけたかのように薄暗い。曲がり角に点いた明かりが煌々《こうこう》と輝き、そこから光が廊下へ向かうように照らしているが、光はまるで闇に喰われているかのように、徐々に明度を下げて行く。

しん、と静かな廊下。

人工の無機質な光と、生き生きと伸び上がる影。

寄宿舎風の寮の夜は、こうして見ると気味が悪いものだ。

奈々美は微かな心細さを感じながら、そんな薄闇の中を、洗面所目指して歩き始める。

「…………」

足音を忍ばせた、スリッパの音が廊下に響く。

角の明かりの下まで行くと、ぶう……ん、と振動するような微かな音が聞こえて、蛍光灯の微かな瞬きに影が揺れ、また光が揺れるのが見える。

曲がった先の向こうに、洗面所の明かりが見える。

ドアの無い開け放しの入口から、洗面所の光が、漏れている。

光は弱々しく明滅している。

蛍光灯が古くなっているらしく、光が濁って弱々しい。

洗面所に入ると、今にも消えそうな光の中に、洗面台の鏡が立ち並んでいる。大きな鏡は脆《ぜい》弱《じゃく》な光の下、洗面所に入った奈々美の姿を映し出す。

「…………」

奈々美は暗闇を背景に背負った、自分の顔を見る。

鏡に映った自分は、何となく疲れた顔をしていた。

蛇口を捻り、十月の気温に冷やされた水を手で掬《すく》った。ぱしゃぱしゃと、それを何度も顔に浴びせかけながら、奈々美は心の中まで洗い流そうとしているように、念入りに手のひらで顔を擦った。

目を閉じて、ただ顔に触れる水の感触を感じる。

そうやって、自分の心にリセットをかける。

水と外気に体温を奪われ、体が寒気を感じ始めた。そこでようやく奈々美は蛇口を閉めて、タオルで顔を拭い始めた。


……


そのまま、しばし。

奈々美はひたすら、顔に当てたタオルをもぞもぞと動かし続ける。

タオルの中に顔を突っ込んで、奈々美は無心に、顔でタオルの感触を感じている。それ以外の事を何も思わないで済むように、ひたすらタオルの感触だけを貪り続けている。

夜中の洗面所に、一人。

静寂の中ぽつんと一人、奈々美はタオルで顔を覆っている。

室内に広がるうっすらとした夜気が、パジャマ越しに染みて来る。

それでも奈々美は、顔からタオルを離さない。


…………


静寂。

聞こえるのは水音の残滓と、タオルの摩擦音だけだ。

だが、ふとその時、奈々美はタオルから顔を上げた。
何かの物音が――――いや、物音と言うには、あまりにもささやかな何かの音が、どこから
か聞こえたような、そんな気がしたのだ。
奈々美は、動きを止める。

――――しん、

だが、耳を澄ませた奈々美が聞いたのは、夜の寮を包み込む、絶対的な静寂だった。

ただ自分の呼吸と、そして蛍光灯の放つ微かな音が、静寂の奥底から、滲《し》み出すように聞こえた。それ以外のいかなる音も存在しない絶対の静寂が、この薄ぼんやりと照らされた、洗面所を覆っていた。

「…………っ」

奈々美は突如、身震いする。

今まで気にも留めていなかった静寂が、急に悪意あるもののように感じられたのだ。

自分の背後を、鏡越しに確認した。しかし、その行為はかえって厭《いや》な想像を頭に思い浮かばせて、不安を加速させただけだった。

鏡に映る、自分の顔。

ぼんやりとした光に照らされた、景色。

背後には、廊下へと続く入口が口を開けている。そして廊下には夜気に満たされた、漆黒の闇が広がっている。

背後。

自分の背後が、目の前に見えている。

しかし鏡に映った背後とは別の、本物の背後が背中の向こうにある。何が覗くとも分からない、見えない背後が、背中越しの後ろにはある。

気配だけが、背中の向こうに広がっている。

そして、どこからか、音が聞こえた。


きゅっ……


「…………………！」

それが聞こえた瞬間、ぞっ、と全身に鳥肌が立った。

短い、床を擦るような高い音が、確かに、背後の方から聞こえたのだ。

その音は一瞬で消えて、再び周囲は静寂に戻った。しかし、それが足音だという事は、その一瞬の間に確信していた。

洗面台の照明が、ぼーっとした明かりを廊下に投げかけている。

その光の届かない陰の、そのまた奥、廊下の冷たい闇から、その音は聞こえて来た。

鏡に映った景色には、暗いばかりで何の変化も無い。ただ蛍光灯の明滅に、陰気で不気味な印象を帯びた、洗面所の風景を晒しているだけだ。

そして廊下の、闇。

その奥から、また小さな音が聞こえた。


きゅっ……


「…………」

奈々美はタオルを抱きしめて、ゆっくりと振り返った。

そこには鏡像では無い本物の景色があったが、明滅する濁った光の下では、今まで見ていた鏡像と、そう大きな違いは無かった。

ただ薄暗く、暗鬱な景色だった。その中で見通しの利かない暗闇が、奥へ、奥へと、広がっていた。

洗面台を背に、廊下の闇を見詰めた。

ひしり、ひしり、と闇の気配が増し、そこから足音が、近付いて来ていた。

きゅっ……きゅっ……

足音。

誰だろうか？　と奈々美は思う。

そして何となく、その足音に聞き覚えがあるような気がした。奈々美はその足音に既視感を感じて――次の瞬間、思い出した。

「……！」

鳥肌が立った。

床に靴底を擦《なす》り付けるような、その特徴的な足音に、奈々美は憶えがあった。

それは、赤名裕子の癖だった。裕子は歩く時に摺り足気味の癖があり、上履きで学校の中を歩く時に、いつもこんな音を立てるのだ。

そうだ。

裕子の足音だ。

だが、そう思ったにも拘らず、奈々美は廊下へ出て行く事ができなかった。

裕子が帰って来たのなら、今にも飛び出したいところだ。だが、今ここを包んでいる雰囲気は、そんな希望的な考えとは相容《あいい》れるものでは無かった。

明らかに異質で異様な雰囲気が、この場所を覆っていた。

今にも暗闇の中から何かが飛び出して来そうな、そんな空気がこの空間を覆っていた。

「……」

奈々美は、口の中に溜まった唾の塊を飲み込んだ。

そして、意を決して、口を開いた。


「裕ちゃん……？」


奈々美はそう、呼びかけた。

が、口から出たのは、蚊の鳴くような声だった。

それでも、この静寂の中では、その声は異様なほどに大きく響いた。そして呼びかけは圧倒的な沈黙の中に押し潰され、空気の中へと消えてしまった。

「……………」

返事は、無かった。

足音も、もう聞こえなかった。

だが――――そこには確かに、何かが居た。

暗闇の中に何かが確かに潜んでいて、陰からこちらをじっと見ているような、そんな視線を感じる気がして、奈々美はそこから動けなかった。

入口から見える廊下の闇に、じっと視線を向ける。

そこから目を離すのも、瞬きするのも怖い。

誰か、あるいは何かが、居る気がするのだ。

影に潜んで、その気配はそこに居るのだ。

「……裕ちゃんなの？」

再び、奈々美は呼びかける。

しかし、やはり返事は無く、ただじいっと、闇の中から視線を感じていた。

冷たい空気が張り詰めて、奈々美はただ暗闇と睨《にら》み合《あ》った。瞬《まばた》きもせず、息も止めて、ただ暗闇の向こうを見詰めていた。

「…………」

沈黙。

肌が粟立つような時間が過ぎ、自分の鼓動の音が聞こえ始めた。

目を離した瞬間、何か恐ろしい事が起きると思った。見張っていなければ、〝それ〟が影から出て来るような気がしたのだ。

「………」

沈黙。

だが、その緊張の中、電灯の光が一瞬消えた。

「！」

刹那、視界が暗くなって、奈々美はぎょっとした。だがすぐに電灯は光を取り戻し、洗面所は光に照らし出された。

寿命の尽きかけた電灯。

それが、今まで以上に劣化した光で洗面所を照らす。

微かな、しかし耳障りな音を立てて、電灯は死の間際の働きを始めていた。揺らぎを増した光は時折瞬きながら、最期の輝きを発していた。

「………」

奈々美は廊下へと目を戻した。

そこには何の、変化も無かった。

奈々美は、安堵《あんど》の溜息を吐いた。

だが背後の鏡の中では、廊下から少女の半面が覗いていた。

それは、鏡の中の風景だった。

入口の端から顔を半分だけ出した、少女が居た。

赤名裕子の顔をした〝それ〟は、真っ白な顔に、壊れたような笑いを浮かべていた。顔は暗闇の中から浮き出すようにして、笑い、覗いていた。

能面のように白く、しかし生々しい表情で、じいっ、と奈々美へ目を注いでいた。

しかし奈々美の目の前、現実の入口には、そんな少女の顔は無かった。

ただそこには、暗闇がわだかまっているだけだった。それなのに鏡の中には、確かに少女が立っていた。

奈々美は鏡を見ていない。

鏡を背に向けて立つ奈々美の背後で、少女はゆっくりと姿を現す。

白い上履きの足が、鏡に映った入口から覗いた。少女は靴底を床に擦るようなひどく特徴的な歩調で、ゆっくりと鏡像の洗面所へと侵入して来た。

きゅっ……

しかし、そう聞こえるべき音は、無かった。静寂の中、鏡の中で近付く不気味な少女に、鏡に背を向けている奈々美は、気付く事ができない。

少女の全身が現れ、洗面所に踏み込んで、一歩、一歩、奈々美へと近付いて行った。

きゅっ……きゅっ……

鏡像の少女は少しずつ奈々美に近付き――――やがて鏡像の、奈々美の前に立った。

奈々美は鏡を見ていない。

ただタオルを握り締めて、そこに立っている。

目の前の闇に何も無かった事に、安堵している。しかし鏡の中では、闇の中から現れた少女が、奈々美の目の前に立っている。

鏡の中の少女は、奈々美の顔へと両手を伸ばす。

ゆっくりと頭に手を伸ばし、頭を摑もうとして、その手を一杯に広げている。

少女の指先が、奈々美の頭に近付いて行く。

少女の浮かべた壊れた笑みが、その顔に広がって行く。

奈々美は鏡を見ていない。

顔の皮膚が破れそうなほど引き攣った異常な笑みが、奈々美の顔を覗き込む。

その動きはまるで人間とは思えない異様さだ。例えるなら獲物にゆっくりと近付いて行く、捕食性の昆虫のようだ。

裕子の姿をした〝それ〟は、そうやって奈々美に手を伸ばす。

ゆっくり、

ゆっくりと。

少女の指が、奈々美の顔に近付いて行く。あと少しで、触れそうになる。

奈々美は鏡を見ていない。

奈々美は鏡を見ていない。

だが奈々美はようやく、洗面台の上のポーチを取ろうと鏡の方を振り返った。

その瞬間——

鏡の中の少女の両手が弾かれたように鏡像の奈々美の頭を摑み、凄まじい力で無理矢理少女の方へと首を捻《ね》じ曲《ま》げ、それと共に現実の奈々美も恐ろしい力で少女の方を向かされて、目を見開いて狂気の笑みを浮かべた〝裕子〟と目が合って——

刹那、電灯が消えた。

そして再び電灯が点いた時、そこには洗面用具が散乱するばかりの、ただ無人の洗面所が、鈍い光に照らされていた。

…………………

……………………………

2

文化祭二日目が始まった。

何事も無く始まった文化祭最終日は、日曜日という事もあって、昨日にも増した賑わいを見せていた。

敷地内には談笑する声と、そして露店の生徒達の呼び声が響いていた。

その光景はどこまでも平穏で、何の問題も無さそうな、平和なものだった。

何事も無く、文化祭は行われていた。

しかし一つの異常が、朝から生徒達の噂に上っていた。

それは美術部の展示が休止している事についてだった。そして、事情の一部を知る一握りの生徒が、赤名裕子に関する掲示を見ながら噂していたのだ。

何故美術部展が中止になったか。

そして美術部員は、どうしたのか。

彼等は警察に行っているらしいという噂が、生徒達の間には流れていた。

また美術部員が消えてしまったのだと、噂は密やかに、語られていた。

＊

その日の昼頃、俊也を始めとする文芸部の面々は学校の会議室に居た。

部室に居たところを突然に校内放送で呼び出された一同は、ぞろぞろと連れ立って、指定の会議室まで出向いていた。

皆、あまり楽しそうな表情はしていない。

かと言って呼び出された事に対して、疑問に思っている風でも無い。

本来なら内容も言わない呼び出しを訝るところだが、今回は見当が付いていた。これと同じ形の呼び出しは以前にもあったし、何より武巳から朝のうちに、とある事実について聞いていたからだ。

美術部展示の中止。

そして、そうなった理由。

それを伝えた武巳は、ここには居なかった。

武巳は美術部の面々と一緒に、別の所に居るのだった。

やがて会議室に辿り着き、全員が部屋に入って、席に着く。すると、それを見計らったかのように、入口のドアが開く。

そして会議室に現れたのは――――俊也達の想像通り、黒いスーツに身を包んだ一人の初老の人物だった。部屋の空気に、微かに、学校内にはそぐわない、高価そうな整髪料の香りが混じった。


「――――急にお呼び立てして申し訳ありません」


そして〝機関〟のエージェント、芳賀幹比古《はがみきひこ》は、そう言って一礼した。

この、あらゆる異常事件を〝処理〟する任務を帯びた秘密組織の男は、まるで作って貼り付けたような笑みをその顔に浮かべて、手近の空いている席へと腰を下ろした。

皆は黙って、それぞれ微妙な表情をしていた。

空目だけが無表情に、芳賀へと目を向けている。

芳賀は意にも介さず、いつもそうするように一同を見回した。そして静かに、こう話を切り出した。

「さて、急な話で恐縮ですが……皆さんは美術部員二人の失踪事件について、どのような見解をお持ちですか？」

「……？」

その芳賀の言葉を聞いて、俊也は微かに奇異の念を抱いた。

芳賀の口調はいつも通りのものだったが、その中に焦りか、さもなくば疲労のようなものが微妙に混じっていたからだ。

「ちなみに、知らないというのは無しです。近藤君が赤名裕子さんの不明事件について、警察に証言しているのは判っていますからね」

そう続く言葉に、亜紀が不愉快げな表情をする。

だが俊也はそんな事には構わず、芳賀に感じる違和感を注視していた。

俊也は何となく、芳賀の態度に性急なものを感じていた。顔はいつもの笑みなのだが、例の外側から囲い込むような、あの余裕に満ちた言葉の選び方をしていないような、そんな気がしたのだ。

「概要は把握しているが、詳しくは知らんな」

空目は答えた。

「……本当ですか？」

そう問い返す芳賀の様子は、やはり何かを焦っているような印象だった。

亜紀や稜子も、似たような感想を持ったらしい。二人とも一瞬俊也と目配せし合うと、妙な表情で、微かに眉を顰め合った。

「事実だ。その件に関しては、俺は何も嗅ぎ付けていない」

空目は少し妙な言い回しで、断言した。

「そうですか……」

「ただの行方不明である可能性が高いと思っていたところだ。その失踪が異常事件だと、何か情報でも得たか？」

そして逆に空目は、芳賀へと問い返した。

「いえ。しかし目立つ事件だったので、その可能性を考慮していたのです」

芳賀は答えた。

「それで皆さんに訊いてみようと思ったのですが………判りました。この件は保留にして、本題に入りましょう」

そう言うと芳賀は持って来た黒い鞄を開いて、中から封筒に入った資料を取り出した。

そして、

「ところで皆さんは、現在この学校で起きている異常に気付いていますか？」

芳賀は、皆へと向かってそう訊ねた。

「異常？」

「そう、異常です」

眉を寄せて訊ねる亜紀に、芳賀はもう一度、そう言った。

「異常ねえ……」

皆、その問いに黙り込んだ。

俊也も考えてみるが、特に何が思い付く訳でも無かった。

ただ異常と言われても、今まで俊也達の周りで起こった事件は異常な出来事ばかりだ。そもそも都市伝説に言うところの〝黒衣の男《メン・イン・ブラック》〟と接触している今も、異常な状況であると言えなくも無いのだ。

だいたい俊也達は普段から、〝神隠し〟と呼ばれるあやめと同席している。

あまりにも存在感が無いために、ともすればその場にいても忘れがちだが、普通の意味での異常でない日は、俊也達には殆ど存在しないのだ。

それを踏まえた上で、改めて言うほどの〝異常〟とは何だろうか。

そんなものは、俊也には全く思い付かなかった。

「異常って言われてもねえ……」

そう、亜紀が呟いた。

「って言うか、あれほど異常な死人とかが出てるのに、何の問題にもされてないこの学校の状況が一番異常だからねえ」

亜紀のその言葉に、稜子が何度も頷いた。

芳賀は一瞬苦笑を浮かべ、

「……確かにそうでしょうな」

と、小さく鼻で笑う。

「ですが、それは異常では無いのですよ。これは我々の〝操作〟に対する必然の〝結果〟であり、ある意味では〝平穏〟の具体例なのです」

言って、芳賀は今度は口の端を、微かに困ったように歪めた。

「しかし、問題は実にそこなのですよ」

「……？」

「外から見る限りは何の問題も無いこの学校ですが、実のところそれは〝我々〟による大規模な情報操作の結果なのです」

その芳賀の言い方に、芳賀が何を言おうとしているのか、一同は訝った。

「死者が出るほどの大きな事件は情報的に隠蔽され、事件に対して関心を呼ばないようにしています」

芳賀は言った。

「事件は忘れられ、あるいは無かった事になりますが、それでももっと小さな事となると話は別です。この学校では今、調べれば調べるほど奇怪な事実が出て来るといった、そんな不可解な状況が展開されているのですよ」

その芳賀の言葉に、一同は眉を寄せた。

空目が訊ねた。

「……どういう意味だ？」

すると芳賀は、やはり、といった風に頷いた。

「なるほど、やはり御存知ありませんでしたか」

言うと、芳賀は資料の中から薬の包みに似た小さな紙包みを取り出した。それはメモ用紙と思われる水色の紙で、芳賀は包みをゆっくりと開いた。皆の前で開けて見せたその包みには、塵《ちり》だかゴミといったそんな感じのものが、極めて少量だけ包み込まれていた。それを俊也達に渡すと、芳賀は訊ねた。

「これが何だか判りますか？」

「……」

芳賀の問いに、一同は紙包みを覗き込んだ。

全員が差し出されたものを黙って観察したが、それは息を吹きかけたら飛んでしまいそうなほどの、微細な物体だった。

黒っぽい粉のようなものが少々と、黒い糸状のものが一本だけ。

粉末は砂か埃にしか見えなかったし、糸は短く寸断された髪の毛に見えた。

「……」

俊也には、これらはどう見てもゴミにしか見えない。

その辺の床を箒《ほうき》で掃けば、チリトリにこれの数倍は採取できるだろう。

「これ……髪の毛だよね」

稜子が、そう呟いた。そしてその意見に反論は出ず、またそれ以上の意見も、誰からも出なかった。

その様子を見て、芳賀が口を開いた。

「これはですね……」

芳賀は言った。

「実は、『お守り』なんですよ」

「……お守り？」

稜子がきょとん、とした表情で芳賀を見た。

「ええ。これはこの学校の女子生徒が持っていたものなのですよ。これはお守りとして、一部の女子の間で密かに流行しているものなのです」

そう説明を受けて、女子生徒であるところの亜紀と稜子が、顔を見合わせた。

だが、二人とも初めて聞いたという顔だった。そんな話を知っていた様子では無かった。

「知らないのは当然、とは言いませんがね。まあ皆さんなら知っていても、それをお守りにしようなどとは思わないでしょうな」

その言い方に、亜紀も稜子も訝しげな表情になった。

「どういう意味？」

「いいですか？　これが何であるか聞けば、今この学校で起こっている事の一端が理解できると思います」

勿体《もったい》をつける芳賀に、亜紀が苛立ちの混じった息を吐いた。

だが、焦《じ》らしている芳賀の方も、例のからかうような素振りが見られなかった。至極真面目に、ただ自身の印象に従って、言葉を選んでいるようだった。

「ああもう、分かったから、これは何？」

「これはですね……」

焦れて先を促す亜紀に、ようやく芳賀が答えた。

だが、その答えはあまりにも異常で、衝撃的な言葉だった。

「これの正体が何かと言いますとね、実は雪村月子《ゆきむらつきこ》さんの飛び降り現場から採取した、血痕と、髪の毛なんですよ」

「…………！」

芳賀の説明に、皆、ぎょっとした表情で包みの上にある物を見た。

稜子があからさまに身を引き、皆が絶句する。その中で、包み紙の上の月子は、静かに、ただ静かに、空調の風に揺れていた。

3

嫌な沈黙が降りた会議室。

そこでは皆が黙ったまま、気味悪そうな、あるいは険しい表情で、芳賀が紙包みを畳む様子を遠巻きに眺めていた。

それぞれがそれぞれの表情で、沈黙している。

大抵の事には動じない俊也も、その『お守り』の悪趣味さには、流石に眉を寄せざるを得ないでいる。


「さて…………」

包みを元のように畳み終えた芳賀が、その沈黙を破った。

「一端は、ご理解いただけたでしょうか？」

「…………」

皆、頷く事もせずに、一同を見回す芳賀を見返していた。

何と言っていいのか判らない様子で、皆は沈黙していた。その『お守り』そのもの、またそれを『お守り』とする行為の異常さに、誰もが言葉を忘れている。

「……つまり……それは何？」

まず、亜紀が口を開いた。

「何です？」

「要するにそれは同じ学校の生徒の飛び降り現場で、女子生徒どもが寄ってたかって、血の痕を引《ひ》っ掻《か》いたりしてたわけ？」

「ええ、その通りです。他にも植え込みや石畳の隙間を探って、髪の毛や肉片をピンなどで掻《か》き出《だ》したりね」

わざとどぎつい言葉を使っただろう亜紀の言葉を、それ以上の詳細な言い方で肯定した芳賀は、その現物を、元のように封筒に仕舞い込んだ。

「何でそんな……」

「だから言ったでしょう？　『お守り』です」

納得できない様子の、亜紀。

だが芳賀はひたすら事実だけを語る口調で、そんな亜紀に端的に答えた。

「それにしたって……」

「飛び降り自殺した雪村月子さんの〝欠片《かけら》〟を、誰にも見られないように探す。見付けたら強力なお守りになる、というのが、女子生徒の間で語られている噂の内容です」

芳賀は言って、微かに肩を竦めた。

「見付からないように？」

「ええ。探す時、採取する時に、誰にも見られてはいけないと、そのような噂になっているようですね」

亜紀は〝不快〟から、〝不可解〟の表情になる。

確かに白昼堂々自殺現場に這いつくばる女の子などが居たら、俊也もとっくに気付いている筈だ。だが、人目を忍んで死体の一部を探す女の子というのも、決して愉快なイメージではない。かえって不気味さを増した〝事実〟に、俊也は眉間の皺《しわ》を深めた。

いずれにせよ、俊也には理解し難い話だ。

「どういうつもりなんだか……」

理解に苦しむといった調子で、亜紀が呟いた。

しかし空目は、全く別の見解を持ったようだった。

「死体をお守りとして使う俗信は、確かに昔は存在していたな」

空目は言い、記憶を紐《ひも》解くように、軽く目を閉じた。

「仏教の『仏舎利』は仏陀《ぶつだ》の骨だ。キリスト教の『聖遺物』も、聖者の遺体の一部である場合が多くを占める」

「確かにそうですな」

芳賀が頷いて応じたが、俊也は疑問に思った。

「……遺体崇拝とは話が違わないか？」

「そんな事は無い。話が途中だ。中世ヨーロッパではその延長にあるのか、死体の一部が護符になるという俗信があったらしい」

俊也は疑問を口にしたが、空目は即座に否定した。

「髪の毛や肉片、骨片。中でも血は最も例が多い。特に聖人や死刑囚のものが尊ばれて、聖人の遺体が公開されると集まった信者によって爪や髪や肉が密かに毟《むし》り取《と》られたそうだ。また罪人の処刑が行われると近隣住民が刑場に忍び込んだ。そして血溜《ちだ》まりに布を浸して死刑囚の血を持ち帰ったりしたらしい」

「おいおい……」

それは確かに先程の話と符合している気がした。そして頭の中で想像した中世の光景と合わせて、俊也は思わず渋面になった。

「そもそも魔術や呪術の道具としても、骨やミイラが挙げられる事は珍しく無い。確かにこの現代日本で復活するには奇異な俗信だが、そういう例も無いではないという話だな」

「……」

言っている事は正しいのだろうが、俊也としては眉を顰めるしか無い。

いや、俊也は思い直す。いま問題にすべきは芳賀の話なのであって、この際そんな事はどうでもいいのだ。

俊也は努めて冷静な声で、芳賀へと向き直った。

「……で、それがどうした？」

まさか得体の知れない〝流行《はや》りもの〟の話だけをしに来た訳では無いだろう。『お守り』のインパクトに危うく忘れるところだった。芳賀が何を言いたいのか判らず、俊也は警戒感を強めた。

「ええ、もちろんそれだけではありません」

芳賀は言った。

「問題はこの『お守り』が、一例に過ぎないという事です」

「……は？　一例？」

俊也は嫌な予感がした。

「そうです、これだけでは無いんですよ」

その言葉に、俊也の脳裏にいくつかの覚悟が浮かんだ。

だが芳賀の言葉は、俊也の予感を最大限に悪い方向へと肯定していた。

「いいですか。今この学校は、こういったオカルトの巣窟になっているんです」

「…………！」

「怪談におまじない、都市伝説じみた噂と流行──数え上げたら限りが無いほど、生徒の間にオカルトが浸透しているんです。〝我々〟ですらも、状況を把握し切れていません。しかもかなりの部分が、ここ数ヶ月のうちに爆発的に発生、流行したものなのです」

そう言って、芳賀は資料から〝事象〟を列挙していった。

それは今しがたの月子の『お守り』を始めとして、無数に行われているという、異常な噂の数々だった。

毎日のように行われている、〝そうじさま〟を始めとする儀式。

学校内で突如として噂され始めた、いくつもの心霊スポット。

突然に流行し始めた、どぎついおまじないの類。

そして一ダースをゆうに越える、七不思議の数々…………

それらは些細なものから実在を疑いたくなるものまで、実に様々だった。

だが月子の『お守り』のような強烈なものが実行されているのならば、そのどれが実在していてもおかしく無かった。

例えば、

『使われていない教室のある机に、呪いたい相手の名前を入れておくと悪霊が取り憑く』

『好きな相手の持ち物に擦りつける、数種の生き物を燃やして作る恋愛成就の粉末』


など。

多数の怪談の中には、八純の言っていた〝鏡〟の怪談もあった。だがあまりの数に埋もれてしまっている。これらの事象から言える事は、今この学校は、俊也の想像など、遙かに超えた状況にあるという事だった。

「どうなってんだ……？」

資料を見ながら、俊也は呻く。芳賀の言う事を疑いたいのはやまやまだが、中には特定されているものもあるようで、例えば〝呪いの机〟などは、多量の紙片が詰め込まれた机の写真が添えられている。

「うわあ……」

と稜子が、何とも表現し難い表情をした。

空目以外の皆も似たようなものだ。そんな一同を見回しながら、芳賀が言った。

「現状を把握して頂きましたか？」

「ちっ……」

　俊也は顔を顰めて、不承不承頷いた。

　空目が、そんな苦々しい資料に無表情に目を通しながら、顔を上げずに言った。

「見たところ〝おまじない〟の大半には、『他人に見られてはいけない』というルールが付属しているな」

「ええ」

　芳賀は机の上で指を組んで、それに答えた。

「そのせいで発見が遅れたのです。防犯カメラなどからも巧妙に外れています。そもそも学校という閉鎖空間の噂は、それだけでも調査の難しい素材です。こうして発覚した後も、追跡調査は難航しています」

　その答えに、空目が疑問を向けた。

「そうか？　怪談などは簡単に聞き出せると思うが」

「ええ、〝怪談〟ならば、そうでしょう。実際そうです。しかし〝おまじない〟となると、そうもいかないのですな」

　答える芳賀は、軽く溜息を吐いた。

「大半の実行者は、恋愛や復讐《ふくしゅう》などの、人に言えないような事を願います。ですから人に話そうとはしませんし、部外者にはなおさら口を開きたがりません。

通常の学術的な調査でも、その種のローカルなオカルトが判明するのは、多くは実行者が現場を去ってしまってからです。自分が部外者になって、初めて雑談の話題になったり、研究者の質問に答えるんですよ」

言って、資料の中から一枚の写真を取り出した。

「こんな願い事をしたなんて、学校にいるうちは言える訳ないでしょう？」

芳賀は写真を皆に見せる。

それには紙片が映っていて、その紙片には文字が書かれていた。

その写真には、一部にマジックで修正がしてあった。だがそれでも、もちろん充分に意味は通じた。

『タカシ君、＊＊＊を殺してください』

そんな願い。

「…………」

一同無言で、その写真を回し見た。

「その〝おまじない〟はですね、閉鎖されている焼却炉に、鉄扉の隙間から、願い事を入れるんですよ」

芳賀は言った。

「ただし願えるのは〝復讐〟のみです。いじめの結果、焼却炉で焼き殺された少年の霊に願うのだそうです。その霊の名前が『タカシ君』です。もちろん過去に焼却炉で人死になんか出ていませんし、閉鎖の理由はダイオキシン騒動です」

かつては学校にゴミ焼却炉があるのは普通の事だったが、ある時期に有害物質が発生するという理由で全国的に閉鎖や撤去が行われ、結果、残った焼却炉を巡って無用に想像がたくましくされ、新しい怪談が生まれるという事もあったのだという。

「……まあ、そんな事はどうでもいいんですがね」

軽い溜息を吐く、芳賀。

「オカルトや怪談がブームになること自体は、特に〝我々〟も是非は問いません。しかし、これらの中に〝本物〟が混じっている場合は話が別です。少なくとも〝そうじさま〟に関しては実害が確認されている。なので他にも〝本物〟があるのではないかと〝我々〟も疑わざるを得ないのです」

そう言う芳賀の表情に、笑みは無くなっていた。

「それならさ、〝そうじさま〟自体問題なんじゃないの？」

亜紀が言った。

「ええ、もちろんその通りですね」

答える芳賀。

「どうするわけ？　やってる人間を見付け出して、皆殺し？」

皮肉に満ちた亜紀の言葉を、芳賀は意にも介さず受け流した。

「『異障親和性』の覚醒が確認されたら、それも考えますがね。それ以前の段階では〝噂〟を流して情報を〝変質〟させる事から始めます」

「……噂？」

「そうです。要所を変更した噂を流すなどして、危険な『物語』を最終的に違うものに変えてしまうのです。噂はすぐに混ざり合ったり変わったりしますから、意図的に情報を操作する事で変化させる事ができます。全く違う情報で『異存在』の情報を書き換えてしまえば、無害化できるという理屈です。

ですが――――この〝そうじさま〟は、不可解な事に、操作した情報が軌道修正されて行く事が確認されています。まるで何者かが正しい内容を定期的に流して調律のような事をしているようで、〝我々〟も非常に不気味に思っているのです。誰かが糸を引いているように思えます。しかしその有無すらも判明していないという、非常に厄介な状況です」

その説明を聞いた途端、俊也の中に連想が働いた。

「……」

俊也が何も言わずに目をやると、皆も同じ事を考えたらしい。

一瞬、それぞれと目が合った。

空目が口を開いた。

「それは、雪村月子に『霊感』を与えたという人物ではないのか？」

何もかも知っていながら、平然と空目は芳賀へと問いかける。芳賀は気付いているのかいないのか、その問いに返答する。

「……もし本当に情報が対抗操作されているなら、その可能性は高いと思いますね」

「見付かったのか？」

「いえ、それが何者なのかすら、未だに判っていない状態です。紹介者の十叶詠子《とがのよみこ》という人物も、結局行方が判りません」

「そうか」

空目は無表情に、頷いた。

「……調査はお手のものなんじゃなかったか？」

若干の嫌味を込めてそう俊也は言ったが、芳賀は肯定も否定もせず、ただ調査状況だけを説明した。

「十叶詠子。聖創学院大付属高校三年生。出身は＊＊県＊＊市。成績は数学が頭ひとつ抜けて良く、次に国語、英語。幼い頃からカウンセリング等に通院歴があり、幻覚症状と行為障害。就学前から〝魔女〟を自称して、周囲から煙たがられていたようです」

俊也は黙る。それだけでも表面的な情報は、俊也達より詳しい。

「実家も調べましたが、家系的にも思想的にも何の問題もない核家族です。どちらかというと一人娘の奇行を心配し、手を焼いていたようです。少なくとも近所など周囲の人間はそのように見ていました」

昔からあれならそりゃあ手を焼くだろう、と俊也は心の中で呟く。

「しかし――判ったのはそこまででした。十叶一家は、周囲の誰も知らないうちに失踪していました」

「！」

だが急に思ってもみなかった話になって、俊也は目を見開いた。

「痕跡からすると、最低でも二年は前に消えていたと思われます。しかし捜索願はもちろん、いかなる届けも出ていませんでした」

「……」

「二年前から資産や預金は手付かず。無断の引き落としはおろか、授業料や生活費の送金すらされていません」

そういった意味での事件性は無いと、芳賀は言う。

「ですがそうなると、別の奇妙な事実が持ち上がる事になります。というのは聖学付属は彼女の事を、今回の失踪までの間、ずっと生徒として扱っていたのですよ」

「……どういう意味だ？」

空目が問う。

「誰も彼女の授業料を払っていないのですよ。それなのに誰も未払いに気付かず、寮の部屋も維持され続けて、彼女は生徒として生活してました」

「……！」

「本来ならばあり得ない事です。この学校の生徒としての彼女の存在を証明する書類は、全てが〝勘違い〟と〝ミス〟、または〝気付かなかった〟という事象の積み重ねによって存在していたのです。少なくとも彼女は、二年前から世間的には失踪者だったのです。この学校の生徒達の誰もが、彼女の事を見知っていたにも拘らずです。

一体何がどうなっているのか、まるで判りません。座敷童《ざしきわらし》にでも出くわした気分です。誰もが見ていて存在したのに、調べてみれば全部勘違いだったと言うのですからね。手掛かりどころか、厄介なものが増えてしまった訳です。そこの『異存在』のお嬢さんの方がまだ扱い易いですよ。少なくともこうして、捕捉できているのですからね」

「……！」

芳賀に目を向けられて、あやめが怯えたように身を竦ませる。

「いいですか、この際はっきりと言っておきますが、今、この学校は〝我々〟の手に余りつつあります」

芳賀は皆へと向き直ると、表情を改めて、強い調子で言った。

「この学校は確実に『異界』の侵蝕《しんしょく》を受けていますが、その規模も、数も、種類も、あるいは真偽すらも不明という、手の出せない状態にあるのです」

それは〝黒服〟の口からはまず聞いた事の無い敗北宣言に近いものだったが、その言葉そのものは極めて事務的なものだった。

「そんな中で起こった美術部員二人の失踪事件ですから、〝我々〟はこの事件について非常な警戒感を持っています。それらの事を全て踏まえた上で、判断して下さい。〝我々〟は皆さんに、協力をお願いします」

芳賀はそう言って一同を見回し、有無を言わさない調子で言った。

「美術部員二人の失踪事件を、調べて下さい」

「…………」

「手段は問いません。〝我々〟が最低限求めている結果は、この事件が単なる通常の失踪事件なのか、それとも『異存在』による異常事件かの判断です」

念を押すように強く言う芳賀を、空目が無感動な目で見返している。

「皆さんで解決できるならそれに越した事はありませんし、できなくとも結果の報告だけでも結構です。関係資料はこちらにあります。近藤君を中継すれば、関係者との接触も比較的楽でしょう」

淡々と、しかし畳み掛けるように、芳賀は言う。

「……一つ訊きたい」

空目が口を開いた。

「どうぞ」

「もしも調査の結果この〝侵蝕〟が大規模なもので、学校中の生徒が〝感染〟していたような場合はどうなる？」

その空目の問いに、芳賀は目を細める。

「何が聞きたいのです？」

「もしもそんな事態が起こっていた場合、〝機関〟はどうするのかと訊いている。この学校の生徒の中から多数、しかも誰が〝感染〟していて誰が違うのかも判らないような場合、あんた達は対処できるのか？」

そう問いかける空目に、皆は目を向ける。

どういうつもりで空目がそんな事を訊いているのか判らなかったからだ。

余計な事を言えば、芳賀に無用な警戒感を与えかねない。

芳賀は、一瞬沈黙した。

だが、それはできるか否かを考えている、その沈黙では無かった。

「……もちろん、可能です」

芳賀は答えた。

「ですが皆さんにとって――――もちろん〝我々〟にとっても、全面的に歓迎できる結末にはならない事は、憶えておいて下さい」

言って、芳賀は思い出したように、例の貼り付けたような笑みを浮かべた。

「ですから、皆さんには期待しているんです」

「…………」

「皆さんは〝我々〟とは違った解決の道を持っている可能性がありますから、私はそれに期待しているんです。もちろん〝我々〟も、いざとなれば何とかできますよ？　ですが、そうならない事が望ましいのです」

芳賀は、笑った。

「ええ、そうならないよう頑張って下さい。ですが大丈夫、どのような結果になっても対症療法で何とかできます。ええ、大丈夫です、自信はありますよ。何しろ〝我々〟は、いかなる異常事件も終結させる事ができて、今までもずっとそうしてきたのですから――――」

…………………………

# 六章 「祭りの中で」

## 1

「……なあ、どうなってるんだ？」

ソファに座って、じっと下を向いたまま、沖本が言った。

「…………」

武巳は何と言っていいか判らず、もの言いたげな表情になって、しかし結局言葉が見付からず、そのまま沈黙した。

「何で奈々美が居なくなるんだ？」

「…………」

「どうなってるんだよ…………」

「…………」

理事長室の応接セットに、そのとき武巳は、美術部員達と座っていた。

大木奈々美が寮の部屋から姿を消し、そのまま行方不明になっている事について、武巳達は先程まで、この部屋で事情聴取を受けていた。

教師は立ち会わず、警察だけが来て、聴取をして帰った。

そして武巳達は別に追い出される事も無く、理事長室に取り残されていた。

「…………」

武巳の隣には沖本が座って、下を向いている。

別のソファには一年生の女の子二人が、身を寄せ合うようにして座っている。

その横で、じっといるのは八純だ。八純は何を考えているのか、じっと目の前のテーブルを睨《にら》んだまま、動かない。

…………

武巳が事件について知ったのは今朝、武巳も沖本も、まだ寮に居た時の事だった。

そろそろ生徒が登校し始める時間。女子寮では奈々美が居なくなっている事が発覚し、小さな騒ぎになっていたらしい。

沖本が電話を受けたのはそんな時で、まさしく寝耳に水の話だった。騒ぎを知った一年生の女の子が、女子寮から電話をかけて来たのだ。

話によると奈々美のルームメイトが目を覚ました時、すでに部屋には奈々美の姿は無かったという。最初は気にも留めなかったが、朝食にも、登校時間になっても現れないので、そこで初めて不審に思ったらしい。

調べてみると洗面所に奈々美の洗面用具があって、それは最初、散乱していた。朝一番に洗面所に来た子が、不審に思いながらも片付けたというのだ。

夜中に顔を洗いに行き、洗面所で何かあったのだと思われた。

それからようやく騒ぎになり、女子寮で奈々美を探す放送が行われた。

それによって一年生達の知るところとなり、沖本の携帯に電話が来たのだ。そうしてそこで武巳も、奈々美が消えた事を知る事になったのだ。

電話を受けた沖本は、狼狽《ろうばい》した。

そして武巳も、同じように戦慄した。

この事件はあの〝鏡〟のせいで、しかもこの先も続くだろう事を、武巳は今度こそ絶対的に確信したのだ。しかしそれを説明はできなかった。何と説明すればいいのか、武巳には判らなかった。

最初は自分のためだった。

あの文化祭前日に『特別展』で見たモノの、答えと解決を求めて、武巳は自分の事は話さずに、空目達へと助けを求めた。

もうここまで来てしまった以上、皆に〝そうじさま〟の事は話せなかった。

いや、全く話せない訳では無いのだが、今さら話せば、皆に滅茶苦茶《めちゃくちゃ》に怒られるに決まっていた。

それは嫌だった。

できるだけ避けたいと思った。

だから武巳は、卑怯《ひきょう》だとは思ったものの、同じ『特別展』の中で消えた赤名裕子の事をダシにして皆に話したのだ。自分の事は話さずに解決できるなら、それに越した事は無いと考えたのだ。

そうして皆は、武巳の思惑通り、あの〝鏡〟について調べ始めた。

だが、事態はすぐに、武巳の想像もしていない方向へと進んで行った。

八純が現れて、〝鏡〟の謎は深まり、さらに水内範子も現れて、事態はみるみる大きくなって行った。そして範子が皆に話した言葉を聞いた時、武巳は鳥肌が立った。

裕子の話した、八純に取り憑いているという〝悪霊〟。

それは武巳の耳には、〝そうじさま〟と同じモノに聞こえた。

少なくとも同種のモノ。だとすると武巳が〝鏡〟の中に見てしまったモノは、見間違いなどでは無かった。武巳はそれを確信したものの、何もできず、状況は何も解決せず――――とうとう奈々美まで消えてしまったとの報《しら》せを受けたのだ。

状況は拡大していた。

もっと早く話しておけば良かったと後悔したが、もう完全に手遅れだった。

とりあえず、武巳は沖本と、慌てて学校へ行った。そして、まず空目達を探して、奈々美が消えた事を話したのだ。

しかし自分の感じた〝鏡〟への疑惑と確信は、結局話せなかった。

奈々美が消えた今、話すタイミングとしては最悪だった。

最早、隠し通すしか無かった。

放送で呼び出されたのはその直後で、それから武巳達は、この理事長室で、警察の事情聴取をたった今まで受けていたのだ。


そして、今。

部屋は、静かだった。

「…………何なんだよ……」

時折、沖本のやりきれない独白が響く。

また時折、女の子二人の声を潜めたやり取りが聞こえる。

その他には、この部屋は沈黙している。

重い無言は、皆が一人一人、沈黙を発しているかのようにも思える。

その美術部員によって共有された沈黙には、武巳の入り込む場所は無かった。それは自分が場違いな異邦人である事を、武巳に改めて実感させた。

理事長室の威容も、武巳の孤独感を増していた。

理事長室という場所には初めて入ったが、こういった場所はやはり威圧感があり、居心地が悪かった。

目の前の壁は一面巨大な書棚で、そこには分厚い洋書とトロフィーが並んでいた。まるでテレビでコメントしている外国の大学教授の背景にあるような、そんなアカデミックで、威圧的なセットだ。

棚の上ではトロフィーに混じって、立派な鷹《たか》の剝製が、その鋭いガラスの眼で、武巳を睨み付けていた。背後の壁には何かの賞状と、それから創立者の写真が掛かっていて、武巳の背中を見下ろしている。

そして部屋の奥には、大きな理事長の机がある。

調度品はどれも高価そうで仰々しい。大時代で威圧的な部屋が、武巳の気を滅入《めい》らすが、それでも一人で部屋を出る訳にもいかず、武巳はじっと沈黙に耐える。

……………………

＊

芳賀が会議室から去った後、亜紀と稜子は武巳を迎えに行くため、廊下を歩いていた。

会議室を出て、理事長室へと向かう廊下はこの日も文化祭で賑わっており、今も多くの生徒が居て、二人の横を行き交っていた。

空目と俊也は、先に美術室に向かった。

亜紀は武巳と、そして八純を連れて、後から美術室で合流する手筈《てはず》になっていた。

芳賀が言うには、武巳と美術部の部員達は、理事長室で〝エージェント〟の事情聴取を受けているらしい。多分もう終わっているだろうというので、行き違いにならないよう、二人は少しだけ早足になっていた。

『美術部展が閉鎖され、最有力容疑者である〝鏡〟が人目に触れなくなった以上、現時点では美術部でこれ以上何かが起こるとは思えない』

空目は言っていた。

『だが八純先輩とは、もう一度、話をしておく必要があるだろうな』

そうして亜紀は、稜子とこうして歩いている。

赤名裕子と大木奈々美、二人の失踪者を探さなくてはならない以上、まだ容疑者である八純との話が必要だ。八純に『霊感』があるからには、二人の失踪の原因に八純が関わっている可能性が、直接的、あるいは間接的に存在するのだった。

「…………」

亜紀は、黙って歩いている。

稜子も、口数がひどく少ない。

雪村月子の『お守り』が、よほど稜子には堪えたらしい。もちろん亜紀も同様だが、それは稜子とは少しばかり、堪え方が違った。

「……」

亜紀は——通り過ぎる生徒達を、あるいは所属サークルのイベントに従事している生徒達を、その他の生徒を、じっ、と視線だけで追い、観察していたのだ。

亜紀は考えていた。この談笑する生徒や、楽しげに、あるいは気だるげに行き交う生徒達のうち、おそらく何人かは月子の飛び降り現場から遺骸を採取し、呪いの紙を焼却炉に入れ、怪しい占いに手を染め、コックリさんや〝そうじさま〟を行っているのだ。

こうして周りにいる中の誰かが、確実にオカルトに手を染めている。

それはもしかすると、亜紀や空目や、稜子などに、いずれ害を為《な》すかも知れない。

この高校に来てから、しばらく忘れていた感覚が、亜紀の中に蘇っていた。周囲の誰が敵かも判らない、疑心と警戒に基づいた黒いフィルターが、周囲を見る亜紀の心の中に戻って来ていた。

時折蘇る、周囲の全てを疑う警戒のベール。

周囲の全てが鮮明に、しかし現実に霞がかかって見えるほど、全てへの疑心で閉ざした、心のフィルター。

全てが、疑わしかった。

友達とひとかたまりになって笑う女子生徒も、にこやかに客を呼び込む男子生徒も、誰もが人目の付かない所で呪いの文句を口にし、願っているのだと、そんな疑心に亜紀は捕らわれていた。

「…………亜紀ちゃん……？」

「……ん？」

急に隣から名前を呼ばれて、亜紀は意識を引き戻された。

「……あ……？　あ、うん、何？」

「どしたの？　変な顔して」

心配そうな表情の稜子に顔を覗き込まれ、亜紀は思わず、僅かに身を引いた。

「…………何でもない。考え事」

「そう？」

稜子はそれ以上は突っ込んでは来なかった。

亜紀は密かに胸をなで下ろした。今の心の中を見透かされたような気がして、亜紀は一瞬、動揺していた。

徐々に亜紀の中に蘇ってくる刃を、稜子に見られたかと思った。警戒と周囲への不信が研ぎ出す心の刃。昔、亜紀が何本も心に抱えていた刃。稜子は、多分そういった黒い心の動きを嫌うだろう。少なくともショックを受ける事は間違いない。

今の亜紀は、失うものがあった。

今の亜紀では、昔のような刃を維持する事ができない事は、確実だった。

「……」

いつの間にか薄れていたフィルターで、亜紀は周囲を眺める。

何の変哲も無い文化祭の狂騒を、亜紀は初めて見た気がする。

…………

＊

俊也と空目は、鍵のかかった美術室の前に居た。

窓側でない側に生徒の絵が掛かり、小さなギャラリーという体裁になっている美術室前の廊下に、ただ何をする訳でも無く、俊也と空目は立っていた。

亜紀と稜子が皆を連れて来るのを、二人は待っていた。

俊也は美術室のドアに寄りかかり、空目と、そしてあやめは、窓際の辺りに、それぞれ無言で立っている。

『……最初から最後まで、ぞろぞろ皆で歩く必要はねえだろ』

そう言って、このように人数を分けたのは俊也だ。

その提案は特に疑問も無く受け入れられたが、この人数分けには俊也の思惑がある。

俊也は八純と話をする前に、空目に訊いておきたい事があったのだ。そしてそのためには、稜子を空目から引き離しておく必要があった。

三人の他には誰も居ない廊下。

俊也はしばらく無言で居た後、空目の名を呼んだ。

「───空目」

「……」

無言で顔を上げる空目に、俊也は言った。

「空目、八純先輩が『異界』を見るようになったのは、あの〝鏡〟が原因なんだな？」

そう訊ねると、空目は頷いた。

「……ああ。直接・間接のどちらかは不明だが、先輩の『霊感』を発現させる〝きっかけ〟になったのは間違い無いと思う」

　空目はそう言って、眉を寄せた。

　そして微かに不思議そうな様子で目を細めて、俊也に訊き返す。

「そう仮定しているが、今更どうした？　仮定が覆るような事でも思い付いたか？」

「いや」

　俊也は首を振る。

「じゃあ、何だ？」

「そうじゃ無くてだな――――あの先輩の『霊感』も、ひょっとして、小崎摩津方《おざきまつかた》が絡んだ話になるのか？」

　俊也が訊いておきたかった事とは、実にこの事だった。

　大迫栄一郎の名で本を書く、異端の著作家にして、左目が弱視であった魔道士。そんな人物が寄贈した鏡で左目を傷付け、代わりに『異界』を見るようになった八純。

　その可能性には前から気付いていたが、それを口に出す事はできなかった。

　小崎摩津方に狙われ、その記憶を封じられている――――稜子の前では、これらの話をする訳にはいかなかったからだ。

「……そうか。日下部がいて、話ができなかったんだったな」

　空目は思い出したように言って、腕を組んだ。

「ああ」

「そうだな、だが同じ事だ。この状態では何とも言えん」

　空目は小さく、鼻を鳴らした。

「情報が少な過ぎる。その可能性も捨て切れないが、それだけのものでしかない。確かにあの魔導士は儀式に昔話や童話を組み込んだ前科があるから、もしかすると今回も『雪の女王』をモチーフにした儀式的な何かかも知れん。

　だが仮定として小崎摩津方が絡んでいるのだとしても、その関わりにも色々ある。日下部の時のように再び復活を狙っているのかも知れないし、そうでは無い、もっと別の関わりかも知れない。何より情報の不足よりも、俺達はまだこの目で〝現物〟を見ていない。まだ身の回りに〝匂い〟がしていない。追いかけようが無い」

「そうか……そうだな」

　確かにその通りだ。

「……あの〝鏡〟には、何も感じなかったのか？」

「言った筈だが？　あの鏡からは、何の匂いもしない」

「先輩からもか」

「同じだ。あやめの〝幻視〟にも引っかからない。そもそも鏡は、それ単体では見えないか、見ても意味の無いものだからな。鏡は何かを映して、初めて意味がある」

　その言い回しを聞いて、俊也は渋面を作った。

「……〝魔女〟みたいな言い方だな」

「そうだな。だが事実、何かを映していない鏡に、意味は無い」

空目は意に介さず、答える。

しばし、沈黙が降りる。

「…………」

結局、俊也達は何も判っていないのだ。

だが、そんな状態で、俊也達は対策を迫られている。

芳賀から渡された美術部の資料には、当然ながら、八純が第一の容疑者として挙げられていた。このまま放置すれば八純は〝処理〟されるかも知れない。いや、きっとそうなる。俊也はこの失踪事件が、単なる通常の事件だとは考えていない。

いや、本当は誰も、これを単なる行方不明事件などとは考えていないのだ。

おそらく根拠や目撃例が無いために、空目も芳賀も断定していないだけなのだ。

俊也は再び、口を開いた。

「空目」

「何だ？」

「お前、この事件は八純先輩が原因とは考えていないと言ったな」

「ああ」

頷く空目に、俊也は確認する。

「本気か？」

「完全に考えていないという意味で言っているのなら、もちろん嘘になる」

無表情に、空目は答えた。

「むしろ可能性としては最も高い。だが根拠が無い以上は、断言したく無い」

空目の言葉は、俊也の予想通りだった。

「やっぱり、そうか……」

「そうだな」

「どうすれば助けられると思う？」

「先輩が原因で無い事が、一番だが」

眉を寄せて考える俊也に、空目はそう言って息を吐く。

「あの先輩の『霊感』を潰すような事は、可能ならばしたくは無い」

空目は昨日と同じ事を言う。それは八純の『異界』を描くという生き甲斐を潰す事だと説明していたが、ここで空目の言った事は違った。

「あの先輩は、自身の『霊感』と歪んだ形であるにせよ共存している」

「何？」

「自分の〝同類〟の可能性は、潰したく無い」

空目は言って、傍らのあやめへと目を向ける。

「！」

それを聞いた俊也の脳裏に、八純と話した時に感じた印象が蘇った。八純と空目が似ている事を、やはり空目も感じ取っていたのだ。

〝鏡〟と〝神隠し〟。

その由来は違っても、同じ『異界』と接して破滅する事なく共存する者。

そんな同類が、いま危険に巻き込まれている。その『異界』で周囲を巻き込み、自らも破滅して行くかも知れない、そんな状況に立たされている。

空目にとっては他人事では無いのだろう。

もちろん、それは俊也にとってもだ。

しかし、今の状態では俊也には何もできない。目の前に何も居ないのでは、番犬も役目を果たせない。

もどかしさに、苛立たしさ。

俊也は小さく、呟いた。

「…………くそっ」

その小さな呟きに、あやめが驚いたように目を上げた。

空目は何も言わず、ただ窓の外へ、目をやった。

2

美術室の前へと、亜紀と稜子がやって来た。

それを迎える俊也と空目。しかし二人と一緒に武巳の姿はあったが、もう一人の八純は一緒では無かった。

「八純先輩はどうした？」

俊也が訊ねると、

「えっとね、少し用事があるから待っててくれ、って言ってたよ」

稜子が答えた。

「用事？」

「うん、あの水内さんって一年生が、先輩を連れて行くのは少し待って欲しい、って」

稜子は小首を傾げる。

「なんか、先に先輩と、少しだけ話したい事があるから、とか」

「……」

「すぐ済むから、って」

「…………」

＊

「……あの、どこに行くの？」

戸惑う八純を連れて、水内範子は、足早に美術部展のあった教室へ向かっていた。

理事長室から八純を連れ出した範子は、廊下を行き、階段を上がり、有無を言わせない調子で八純を先導して、大股に教室へと向かっていた。

「えーと……展示の部屋に行くの？」

「……」

「どうしたの？」

必死で範子を追いかけながら八純は話しかけるが、範子は答えない。

急がなくてはいけなかったからだ。

何しろ二人目の行方不明者が、出てしまったのだ。

範子は昨日からずっと、こうなる事を危惧していたのだ。そしてその危惧が現実になってしまった今、最早ぐずぐずしてはいられなかった。

事情聴取の時からずっと、範子は考えていたのだ。

そのうち文芸部の人達が八純を迎えに来て、その考えは確信に変わった。

——八純先輩を、私が助けてあげなくてはいけない。

範子はそう思い、彼等から奪い取るようにして八純を連れ出すと、そこから一目散に展示室へと向かった。そして今まさに向かっている。

範子は確信していた。

文芸部の人達は、八純の味方などでは無いと。

彼等と八純の話を立ち聞きし、最初は力になってくれるかも知れないと思ったのだが、範子の話を聞いた彼等はきっぱりと協力を断り、そして言ったのだった。

『……助けて欲しいと、本人が言ったか？』

『…………！』

その台詞を聞いた瞬間、範子はショックを受けた。

その時は何て冷たい人だと思ったが、それは当然の事だった。

何故ならば、彼等は〝悪霊〟の側の人間だったからだ。範子は彼等の部室の中で、確かにこの目で〝それ〟を見たのだ。それは紛れも無く、彼等が〝あっち側〟であるという証拠に他ならなかった。

幽霊が、居たのだ。

あの部屋には八純の絵にあった、桜の森の幽霊が居たのだ。

最初部屋に入った時は、確かにあんな女の子は居なかった。

しかし、あの黒ずくめの二年生が指し示した途端、突然その場に少女は現れたのだ。

少女はまるでずっとその場に居たかのように椅子に座っていた。それは最初、範子が少女に気付かなかったという錯覚にも思えたが、よく思い出せばあの椅子は空席だったと、範子には断言できた。

範子は絵を描く時に、第一印象から入るタイプだ。

あの直後は気のせいだと思ったが、最初部屋に入った時のイメージ記憶は、間違いなく席は空いていたと告げていた。

大体、あんな目立つ色の服を着ていれば、最初の印象に残る筈だった。

間違い無くあの少女は、あの瞬間に現れたのだ。

何より間違えようも無い、八純の絵にあった幽霊少女の姿。

思い至った、あの文芸部の人達は、あの幽霊の側の人間だった。

きっと裕子と奈々美の二人の先輩も、彼等によって消されてしまったのだ。そうして八純に接触して、何だか分からないが、何かをするつもりなのだ。

こうなれば、先輩を守ってあげられるのは自分だけだ。

八純を先導して、範子はひたすら展示室を目指す。

やがて範子は展示教室の前まで来ると、ようやく立ち止まって振り向いた。そして八純の顔を見上げて、こう言った。


「先輩、すぐにあの鏡と絵、棄《す》てましょう」

「………え？」


範子の言葉に、八純はひどく驚いた。

しかし範子は構わずに、重ねて八純に向かって言った。

「あの鏡と絵を、棄てるんです。何だか判らないけど、きっとあれが原因なんです」

「え、どういう事？」

「文芸部の人達が言う事なんか、信用しちゃ駄目です。きっとあの人達が何もかも知ってて、先輩を騙《だま》してるんですよ」

一息に言う範子に、八純は戸惑っていた。どう答えればいいのか困っている様子で、言葉を探している気配が伝わって来た。

だが、そんな戸惑っている暇は無い。

文芸部の彼等は、八純が気味悪い絵を描く事を肯定していた。

つまり、その絵を描かせるのが彼等の目的かも知れないのだ。その絵に何かあるのならば、急いで処分しなければならなかった。

あの〝絵〟を描くたびに、先輩は少しずつおかしくなっているのかも知れない。

もしかしたらあの〝絵〟のせいで、二人の先輩も消えてしまったのかも知れない。

範子は自分の〝推理〟を先輩にまくし立て、決断を迫った。早くしなければ、文芸部の彼等に気付かれてしまうかも知れないのだ。

「……だから先輩、鏡も絵も、早く棄ててしまいましょう」

範子は言う。

「それで文芸部の人達とは二度と顔を合わせないようにして、あんな気味悪い絵も、もう描くのはやめるんです」

「水内さん……」

「そうすれば、もう二度と変なものなんか見えなくなります。私、先輩にまた昔みたいな絵を描いて欲しいんです。お願いです、全部棄ててしまって下さい！　目を覚まして下さい！　私が助けてあげます！」

強い調子で言う範子に気圧《けお》されて、八純はたじろいだ。そして少し悩んだ様子をすると、範子を宥《なだ》めるような調子で、答えた。

「……分かった。君の言う通りにするよ」

「本当ですか!?」

「うん。正直に言えば君の言ってる事が本当か判らないけど、そこまで言うなら、君の言う事を聞いてみるよ」

「それでもいいです！　ありがとうございます！」

範子は勢い込んでそう言って、大きく頭を下げる。

そして展示教室のドアを開け、八純と一緒に中へと入った。昼間の、しかしすっかり冬が近い、淡い光に照らされた教室。その三分の一が、真っ黒な暗幕に覆われている。

範子はその『特別展』の前に立ち————初めてそこで、二の足を踏んだ。

「………………！」

ここから絵と鏡を回収して棄てれば、全て終わりだ。だが、ひとたび信じた〝絵〟と〝鏡〟に対する恐怖は、すでに範子の中に染み込んでいた。

その怪奇を信じた物品を、この真っ暗な中へ取りに行く事に、範子は恐怖を感じた。範子は暗幕の前で動けなくなった。だが、これではいけないと意志を固めて、暗幕の合わせ目に手をかけた。

するとその時、範子の肩を、八純がそっと押さえた。

「いいよ、僕がやる」

そして、いつだか同じような事があったような、そんな既視感を感じる台詞を言って、八純が自ら暗幕に手をかけた。

「先輩、でも……」

「いいから。僕の絵だから、僕が片付ける」

一応抗弁はしたものの、範子は内心ほっとする。

そして見送る。一人で暗幕の中に入って行く八純を見ながら、範子は自分が、不安そうな表情をしている事が判った。

「……」


そして。

その心の中から染み出すような、不安は。

八純が『特別展』の中に入ってから、しばらくして。

床に額縁が落ちる大きな音と共に――――後悔と、現実になった。


…………

# 3

暗闇の中を、八純は歩いていた。

光を通さない、漆黒の空間の中を、八純は小さなペンライトの明かりを頼りに、ゆっくりと歩いていた。

そこは柔らかい暗幕に覆われた、茫漠とした闇の回廊だ。

周囲を覆う厚く柔らかい暗幕は、ただでさえ人の居ない教室の音を完全に遮断し、静かで、暗い、そして息苦しい空間を、そこに作り出していた。

暗闇の中を、一筋の弱々しい光が八純の手元から伸びている。

この頼りない光だけが、道行きを照らす唯一の光だ。

光は周囲の暗闇に喰われて行くように、先に行くほど明度を減衰させて行く。そして光線が壁に突き当たっても、そこはただ黒いばかりで、黄ばんだ光の色以外、いかなる色彩も存在していない。

この回廊は、八純の〝絵〟を効果的に見せるために作られていた。

これは八純自身の発案だと、そういう事になっている。

こうして足元も見えない闇の中で歩き、光を向け、絵を見付けてはその前に立つ。

それらの行為は、お寺で胎内めぐりをしているような、そんな感慨を確かに、実行する者に抱かせる。

これは、そのために作られた回廊。

しかし今、八純は絵を取り外すために、この中を歩いている。

最初の一枚を片手にぶら下げて、次に一つ見付けては、額を壁から外して行く。

そして後で回収するために、床に降ろして行く。

これらの絵は、本当はもっと多くの人に見て欲しかった。

最初はそのようなつもりは無かったのだが、やはり絵というものは見られなくてはその意味を為さない。

その正面に、誰かが立たなくては意味が無いのだ。

それは、鏡と同じ使命だった。

絵も鏡も、どちらも目の前のものを写し取るものだ。違いがあるとすれば鏡は前にあるものを映し、絵はすでに一つの景色を映しているという、ただそれだけの事だ。

そんな事を思いながら、また一つ額を降ろした。

異界を映した、八純の絵を。

合わせ鏡の中にいる、目の無い少年の絵。

それは連作の中で、八純が最後に描いたものだった。

そして八純が未だに興味を持っている対象でもある。八純は鏡に、心を奪われている。

鏡の中。八純が心血を注いで描く、異界の一つの形。

八純にとっての異界は、全てこの〝鏡〟から始まったのだ。

そして絶望し、恐れ、一度死んで、蘇った。画家は描く事で、恐怖を克服する。蘇る。ただそのために、最初は描き始めた。

しかし、それも最後になる。

八純はまた、額を降ろす。

元のように一枚の絵をぶら下げると、八純は最後の額へと歩み寄って行く。今、八純は片付けるためというより、最後の『異界』めぐりをするために、ここに居た。

未練が無い訳では無かったが、この期に及んではどうでもいい。

また、死ねばいいだけの話だ。

暗闇の中に照らされ、最後の額が浮かび上がった。

八純をこの世界に引き込んだ、あの〝鏡〟を嵌め込んだ額だ。

範子はこれさえ棄てれば、元のようになると言っている。だが、八純はそんな事を信じてはいない。

鏡はここにもある。

この鏡の、無数の破片が入った左目。

殆ど見えなくなった左目が、この世ならぬモノを捉える。普通の絵を描く役には、全く立たなくなった目が。

あの〝鏡〟が霊を映すなら、同じように霊を映すこの目も鏡だ。

八純が『奴等《やつら》』を見ている時、きっと瞳の中にも『奴等』が映っている。

今までには無い事を思い付いて、八純は最後に、少し茶目っ気が出た。それならば八純が鏡を覗き込む事は、まさしく合わせ鏡に他ならないではないか。

いや、人が鏡を覗き込む事そのものが、合わせ鏡と同じだ。

あれほどタブーとされている行為を、人は日常的に行っている事になる。

怪談によると、合わせ鏡をすると、悪魔が出て来るという。地獄に繋がると。あるいはあの世に繋がると。霊が現れると。異次元に引きずり込む老婆が現れると。

あまりにも色々と言われている。

ならば、本当は？

本当は、中から何が出て来るというのだろう？

どこに、繋がるというのだろう？

八純の知る、答えは一つだ。

異界。

それしか無い。

八純の中の〝絵描き〟が疼《うず》いた。

もし本当にそこに行けるのなら、一体、どんなものが見えるのだろう？

美しいのか？

醜いのか？

恐ろしいのか？

不思議なのか？

八純は、自分が〝絵描き〟である事を思い出していた。そして〝絵描き〟は今から再び死ぬ予定になっていたが、まだ死んではいなかった。

「……」

八純は躊躇う事なく、最後の額の前に立った。

そして自身の左目にペンライトを当てると、鏡の中にある自分の瞳を、何かが映っている自分の瞳を、しっかりと覗き込んだ。

暗い光源のなか判り辛いが、確かに瞳には映っている。

それは小さな自分の顔で、鏡に映った鏡像が、自分の瞳に映っているのだ。

――合わせ鏡。

茶色の、ガラスでできているような瞳に自分の顔が映り――
それは鏡像で、小さな顔の瞳にはさらに小さな顔が映り――

その顔に白い手が伸び、
鏡像の頭を摑み、
頭を摑まれ、
恐怖と歓喜に包まれながら頭が引き寄せられて――

# 間章 「首のない騎士」

がたーん！ と『特別展』の中から額縁が落ちた音が聞こえたのは、その時だった。

「！」

比較的静かな教室内に響き渡ったその音に、範子はぎょっとして、そして次の瞬間には鳥肌が立った。

それきり、部屋には何の音も無くなった。

ただ、がらんとした教室に、範子は一人、立っていた。

誰も居ない、静かな部屋だ。いや、範子の目の前にある『特別展』の暗幕の中には、八純が一人で入っていて、絵を回収している筈だった。

だが、そこからは何の音もしない。

いや、先程の音を最後に、何の音もしなくなったというのが、正しい。

今の音は何だろう？　範子は思った。額縁を落としたのだろうとは見当が付いていたが、それきり何の音もしないので、ひどく不安になる。

「……………先輩？」

聞こえないのを承知で、範子は八純を呼んだ。

当然返事などは無く、厚い暗幕の壁を隔てて、ただ沈黙だけが、部屋に満ちる。

この暗幕の中に八純が居るという事実を、範子はだんだんと信じられなくなって来た。

自分一人がこの部屋に居て、そして八純はこの暗幕の中で忽然《こつぜん》と消えてしまったのではないかと、そんな妄想に捕われ始めていた。


「……………」


しん、と教室は、静まり返っている。

外では文化祭が行われていて、隣の教室でも催しが行われている筈なのだが、ちょうど暇にでもなっているのか、あまり音は聞こえない。

「先輩？」

静寂に耐えられなくなって、範子は再び口を開いた。

しかしその言葉も、がらん、とした教室の空虚さに飲み込まれ、消えてしまった。

静かだった。

周囲には動くものは無く、音を立てるものも無い。

ただ外の賑わいが、ひどく遠いものとして、教室の空気に流れている。


「…………」


静かだった。

そして、暗幕の中も、静かだった。

先程までは中で壁から額を外す時に、暗幕が微かに揺れるのが見えた。だが、もうその揺れさえも途切れてから、久しかった。

いくら何でも、遅すぎる気がした。

もしかして、何かあったのだろうか。

この中には八純と、そして絵と鏡がある。先輩二人を消してしまったかも知れない物品が、この中にはある。


「…………」

黒い不安が、心の中で増大して行く。

遅い。

あまり遅いと、文芸部の彼等がここに来てしまうかも知れない。

ぐずぐずしている暇は無い。早く絵と鏡を、始末してしまわなければならない。

遅い。

「八純先輩？」

少し大きな声で、範子は呼びかける。

「…………」

しかし、反応は無い。暗幕はただ静かに沈黙している。

おかしい。範子はここでようやく、暗幕に近付いた。『特別展』の出口に当たる場所に、範子は近付いて行く。ゆっくりと、恐る恐る近付いて行き、暗幕の合わせ目の前で、そっと立ち止まる。

「…………」

しん、と暗幕は、静まり返っている。

中に人が居るとは、思えない静けさだった。

緊張が、心の中で高まって行った。だがこの緊張は、悪寒に近い、嫌な緊張だ。

悪い予感の、緊張。


「…………」


範子は合わせ目の前に、立ち尽くす。

その中から感じられる中の空気は、異常なほどに静かで冷たかった。中に動くものが無い事は、明らかで、確実だった。

うっすらと、冷気が頬を撫《な》でる。

こそりとも音を立てない張り詰めた空気が、暗幕の向こうには満ちている。

知らないうちに、呼吸が荒くなっている。異様な静けさと緊張の中、自分の呼吸の音だけ、聞いている。


はあーっ、はあーっ…………

自分の呼吸が、荒い。

緊張した胸郭の中で、心臓が動くのを感じる。

眼は目の前の合わせ目に据えたまま、なかなか覚悟が決まらない。この中がどうなっているのか、先輩はどうなっているのか、嫌な想像が浮かんでは、消える。

少なくとも、中では何も動いてはいない。

八純も、動いていない。

いや、もしかしたら居ないのかも知れない。裕子や奈々美のように、忽然と消えてしまったのかも知れない。


「…………」


この合わせ目を開けたら、何が見えるんだろう？

この中に入ったら、自分はどうなってしまうんだろう？

薄くて厚い暗幕の前で、範子は逡巡する。しかし結論は、考えても出ない。

「先輩……？」

合わせ目に向かって、呼びかける。

だが、

しん。

と静かな静寂が、呼びかけを飲み込む。

呼びかけた声は、微かに震えていた。緊張で、予感で、体が小刻みに震えていた。

ごくり、と渇いた喉が、動いた。

このままじっとしているわけにも、いかなかった。

もしかしたら、八純の悪ふざけかも知れないではないか。いつかの八純のような、ちょっとしたイタズラかも知れないではないか。

ならば、そんな暇は無い。急がなくては、いけない。


「…………………」


覚悟を決めて、手を暗幕の合わせ目に伸ばした。

手は震えていて、暗幕に触れた途端、その表面を微かに揺らした。

合わせ目に、指を差し込む。中の空気はひやりとして、異常に冷たいと感じた。

そして、暗幕を捲る。

中を、確認する。

だが、手が言う事を聞かなかった。手が暗幕を捲るのを恐れているかのように、引き攣って動かなかった。

「…………」

緊張のせいだ。

呼吸を整え、必死で落ち着こうとした。胸を押さえて、深呼吸する。震える息を何度も吐き出すうちに、少しだけ震えが収まる。

今なら、開けられる。

震える、暗幕を摑んだ手をゆっくり動かして、暗幕を捲る。

「!!」

その瞬間、ぎょっ、となって飛び上がった。暗幕を開くと、そのすぐ先に、人影が立っていたからだ。

ひっ、と短い悲鳴を上げた。

しかしよく見れば、その人影は八純だった。

八純は背を向けて、壁にかかった絵を見ていたのだ。八純は額縁に顔を近付けて、じっと覗き込んでいた。

「先輩………」

範子は、安堵で腰が抜けそうになる。

「よかった……悪ふざけはやめて下さい……」

そう言って、胸の中に溜まった空気を残らず吐き出す。

夢中になったのだろう。八純は範子の言葉も聞こえない様子で、額を覗き込んだまま微動だにしなかった。八純の足元の床には、あの音の正体だろう、額が落ちている。それにも構わないくらい集中している。何か不思議なものでも見付けたのだろうか？

「先輩……」

じっと背中を向ける八純に、範子は再び呼びかけた。

しかし八純は、やはり反応しない。

「……先輩？」

範子の声が、ここで不安を帯びた。

八純が凝視しているのは、あの〝鏡〟が収まった額縁だった。

肩を叩《たた》こうとして踏み出した時、範子の足が何かを蹴飛ばした。

それは軽い音を立てて床を滑り、暗幕の壁に当たって、跳ね返って止まった。

ペンライトだった。

「え……？」

どうしてここにペンライトが落ちているのだろう？

それは八純が持ち込んだものに間違い無かった。よく見れば八純は両手をだらんと下ろした姿勢で、額に顔を近付けている。

——暗幕の中で、ペンライトも無しに絵を見てた？

それに思い至って、範子は顔を上げた。

八純は全く動かずに、絵を見詰めている。正確には絵の中央に嵌め込まれたあの鏡を、凝視している。

「……八純先輩！」

範子は八純に近寄った。

背後からでは判らなかったが、八純の顔は鏡にくっつくほどに、寄せられていた。

いや、そうではなかった。

よく見ると、それを越えていた。

八純の顔は、まるで鏡面に顔を浸《つ》けたかのように、鏡の中へと入り込んでいたのだ。まるで鏡面を水面に見立てて、その中に顔を浸けたように、八純の顔は耳の辺りまで、鏡面の向こうに消えていたのだ。

「…………………………!?」


自分が何を見たのか、理解できなかった。

そのあまりにも非現実的な光景に、思考が停止した。

「……先輩?」

だから、範子は先輩の肩に、手を触れた。

その瞬間、八純の体はずるうと崩れ落ちて、鏡面と絵に顔の輪郭と同じ太さの血の筋を引きながら、ごろりと床に転がった。


「きゃあああああああああ――――――――――――――――っ!」

自分の口から、信じられないほどの悲鳴が迸《ほとばし》った。

転がった八純の体を凝視しながら、範子は自分の顔を摑むように押さえて、恐ろしい悲鳴を上げ続けた。

床に転がってこちらを向いた八純の顔は、まるで鏡面を境に切断したかのように、綺麗に無くなっていた。標本のような断面を覗かせ、骨と中身の組織を晒しながら、それでも一目で判る眼球の空洞で、無表情に範子を見上げていた。

それと目を合わせたまま、範子は悲鳴を上げ続けた。

目を逸らす事もできず、しかし恐怖に魂を削られながら、範子はただ悲鳴を上げた。

恐怖で体が固まり、痙攣しながら、喉は悲鳴を搾り出し続けた。顔に爪を立てて、頭の中を真っ白にして、ただ範子は悲鳴を上げる機械と化していた。


「嫌ああああ────────っ！」


断面から泉のように血を溢《あふ》れさせ、床に大きな血溜まりを広げながら、顔の無くなった八純は床に転がっている。

悲鳴は止まらず、動く事もできず、範子は絶叫する。

血の泉はみるみる広がり、すぐに範子の足元まで来た。

「ひぃっ――――！」

反射的に足を引っ込めて、しかし硬直した体は言う事を聞かず、範子は膝が崩れて、床へと転倒した。

血溜まりが、範子の足を浸して行く。

言葉にならない声を口から洩らしながら、範子は床を這いずって逃げ回り、床を血で汚して行く。


「――――どうしたの？　範ちゃん」


そんな時、突然範子は、声をかけられた。

思わず助けを求めようと顔を上げたその瞬間、範子は「ひっ」と息を吸い込んだきり、何も言えなくなった。

「…………！」

血溜まりを這いずる範子を、二人の少女が見ていた。

そして、それは範子の良く知っている、二人だった。

赤名裕子と、大木奈々美。

どこから入って来たのか教室の中に立っていた。二人は並んで、血塗《ちまみ》れの範子と、顔の無くなった八純を見て、まるで道端に可愛らしい花でも見付けたかのような、場違いな微笑を浮かべた。

そして何事も無いかのように範子に目を戻し――

「ただいま」

そう言って二人とも、全く同時に鏡に映したような同じ笑みを、その顔に浮かべたのだった。

＜初出＞
本書は2002年10月、電撃文庫より刊行された『Missing 6　合わせ鏡の物語』を加筆・修正したものです。

この物語はフィクションです。実在の人物・団体等とは一切関係ありません。

【読者アンケート実施中】
アンケートプレゼント対象商品をご購入いただきご応募いただいた方から抽選で毎月3名様に「図書カードネットギフト1,000円分」をプレゼント!!
https://kdq.jp/mwb
パスワード
xtar5
■二次元コードまたはURLよりアクセスし、本書専用のパスワードを入力してご回答ください。
※当選者の発表は賞品の発送をもって代えさせていただきます。　※アンケートプレゼントにご応募いただける期間は、対象商品の初版(第1刷)発行日より1年間です。　※アンケートプレゼントは、都合により予告なく中止または内容が変更されることがあります。　※一部対応していない機種があります。

◇◇メディアワークス文庫

# Missing6《ミッシング》

## 合《あ》わせ鏡《かがみ》の物語《ものがたり》〈上《じょう》〉

## 甲《こう》田《だ》学《がく》人《と》

2021年6月25日　初版発行
2024年12月10日　再版発行

発行者　山下直久
発行　株式会社KADOKAWA
〒102－8177　東京都千代田区富士見2－13－3
0570-002-301（ナビダイヤル）
装丁者　渡辺宏一（有限会社ニイナナニイゴオ）
印刷　株式会社KADOKAWA
製本　株式会社KADOKAWA

※本書の無断複製（コピー、スキャン、デジタル化等）並びに無断複製物の譲渡および配信は、
著作権法上での例外を除き禁じられています。また、本書を代行業者等の第三者に依頼して複製する行為は、
たとえ個人や家庭内での利用であっても一切認められておりません。

●お問い合わせ
https://www.kadokawa.co.jp/（「お問い合わせ」へお進みください）
※内容によっては、お答えできない場合があります。
※サポートは日本国内のみとさせていただきます。
※Japanese text only

※定価はカバーに表示してあります。

© Gakuto Coda 2021
Printed in Japan
ISBN978-4-04-913779-8 C0193

メディアワークス文庫　https://mwbunko.com/

本書に対するご意見、ご感想をお寄せください。

**あて先**
〒102-8177　東京都千代田区富士見2-13-3
メディアワークス文庫編集部
「甲田学人先生」係

# Missing

## 神隠しの物語

甲田学人

**これは“感染”する喪失の物語。**
**伝奇ホラーの超傑作が、ここに開幕。**

神隠し——それは突如として人を消し去る恐るべき怪異。

学園には関わった者を消し去る少女の噂が広がっていた。

魔王陛下と呼ばれる高校生、空目恭一は自らこの少女に関わり、姿を消してしまう。

空目に対して恋心、憧れ、殺意——様々な思いを抱えた者達が彼を取り戻すため動き出す。

複雑に絡み合う彼らに待ち受けるおぞましき結末とは？

そして、自ら神隠しに巻き込まれた空目の真の目的とは？

鬼才、甲田学人が放つ伝奇ホラーの超傑作が装いを新たに登場。

メディアワークス文庫

メディアワークス文庫

「君の『願望《のぞみ》』は——何だね？　そして、君の『絶望』は——」
満開の夜桜の下、思わず見とれるほど妖しく綺麗に佇んでいたのは
密かに憧れていた従姉だった。彼女はその晩、桜の木で首を吊る。
——彼女は、あの桜の中にいる。……彼女に会いたい。
そう信じ、願う男は、遂に人の願望を叶える
夜色《コルイロ》の外套《マント》を身に纏う昏闇の使者と遭遇する。
曰く、暗闇より現れ、人の望みを叶えるという生きた都市伝説。
夜より生まれ、この都市に棲むという、永劫の刻を生きる魔人。
そして、恐怖はココロの隙間へと入り込む——。

# 夜魔 —怪—

甲田学人

「この桜、見えるの？
……幽霊なのに」

鬼才・甲田学人が紡ぐ
渾身の怪奇短編連作集——。

発行●株式会社KADOKAWA

メディアワークス文庫

発行●株式会社KADOKAWA

メディアワークス文庫

甲田学人
――このマンションは、何かがおかしい。
鬼才・甲田学人が贈る怪奇都市ファンタジー！。
ノロワレ
怪奇作家真木夢人と幽霊マンション
『もし深夜に子供がドアをノックしても、絶対に開けないで下さい』
ホラー小説レーベルの編集者・西任結は、子供の喘息を憂い地方への引っ越しを決めた。だが、そのマンションでは奇妙な出来事が多く起こる。川に浮かぶ幾つもの紅い流し雛、不自然に多い空き部屋、「よそ者は出て行け」と怒りを露わにする老人、そして掲示板に貼られた謎の掲示――。
結は「新居がいわくつきだったら教えて下さい」と告げた若きベストセラー作家・真木夢人に相談を持ちかけるのだが、事態は一向に変わらず。そして、ついに住人の子供が奇怪な死に巻き込まれ――。

発行●株式会社KADOKAWA

メディアワークス文庫は、電撃大賞から生まれる!

おもしろいこと、あなたから。

# 電撃大賞

## 作品募集中!

自由奔放で刺激的。そんな作品を募集しています。
受賞作品は
「電撃文庫」「メディアワークス文庫」「電撃コミック各誌」等からデビュー!

**電撃小説大賞・電撃イラスト大賞・電撃コミック大賞**

| 賞(共通) | |
|---|---|
| 大賞 | 正賞+副賞300万円 |
| 金賞 | 正賞+副賞100万円 |
| 銀賞 | 正賞+副賞50万円 |
| (小説賞のみ) | メディアワークス文庫賞 正賞+副賞100万円 |

**編集部から選評をお送りします!**
小説部門、イラスト部門、コミック部門とも1次選考以上を
通過した人全員に選評をお送りします!

**各部門(小説、イラスト、コミック)**
**郵送でもWEBでも受付中!**

最新情報や詳細は電撃大賞公式ホームページをご覧ください。

http://dengekitaisho.jp/

主催:株式会社KADOKAWA

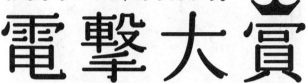